ビブリオフォリア・ラプソディ

あるいは本と本の間の旅

高野史緒
Fumio Takano

Bibliofolia Rhapsody or the Journey Between the Books and the Books

KODANSHA

装画　YOUCHAN
装丁　bookwall

「詩人になれますように」には、自死に関するセンシティブな表現が含まれます。
あらかじめご留意ください。

ビブリオフォリア・ラプソディ

あるいは本と本の間の旅

プロローグ　ダブルクリップ

今、私の前に一束の原稿がある。著者校のために出版社が送って来た「ゲラ」だ。ゲラというのは校正刷りのことで、ここに編集者や校正者が鉛筆で書き込みをして、著者がそれを追認したり、リジェクトしたり、さらに何かを書き加えたり削ったりする。近年では著者校もＰＤＦファイルで行われることも増えたが、私は長編では紙のゲラを希望している。長編のゲラは紙、という著者は多い。一目で付箋《ふせん》の位置を見渡したり、直観的にあれはあそこに書いたと把握できたりするので、紙の利点は今でも多いのである。

そのゲラをまとめるのに使われるのが、大きなダブルクリップだ。ダブルクリップ。そう、あの黒い三角形のクリップ部分と、二つの銀色のレバーでできているあれだ。小さなものはキッチンで使いかけの袋入りのあれこれを留めるのにも使われ、文具というよりもはやキッチングッズの趣《おもむ》きもある。ゲラはみな、あれのかなり大きなもので挟まれて来る。ゲラの量が多い時は二つに分けてくれることもあるが、時には、最も大きい幅五センチのダブルクリップで一つにがっちりまとめてこられることもあり、そうなると、外すのは何とか外せるが、私の力では二度と挟み直せないので、自前のクリップ二個で二つに分けて返送することになる。

しかし考えてみれば、「自前の」クリップとは言うものの、私はそれらを自分で買った記憶はない。再校は訂正箇所をメールでやり取りすることもあり、そういう時はゲラそのものは返送しない。そうなると、手元に残るのだ。ダブルクリップが。そしてまた別なゲラをチェックした時、必ずしも送って来たのと同一のクリップを使うとは限らない。私はクリップを使い回す。出版社のほうでも、著者たちから帰って来たクリップを使い回す。私以外の著者たちも使い回す。ダブルクリップは天下の回り物なのである。

今私の手元にあるクリップたちは、誰のところをどう巡って来たのだろうか。時々そんなことを考える。私には及びもつかないような才能の持ち主や、デビューしたての若い人、売れっ子作家、偉い評論家の先生、知らない言語の翻訳者、遅咲きの新人、学者、ニッチなジャンルのカリスマライター、覆面作家、等々。もしかしたら、時間や世界線さえをも超えて、知らない時代やまったくの別世界の書き手たちの元を巡って来たのかもしれない。

そんなことを考えながら、私は書きかけのプリントアウトやゲラをダブルクリップで留める。

今日もまた、ダブルクリップたちは出版社と書き手の間を巡っているのだろう。どこかで、ひっそりと。

ハンノキのある島で

久子《ひさこ》が自分の筆名を告げると、四人の女の子たちの表情がぱっと明るくなった。

そのうちの一人が、あの受賞作はここの読書会でも取り上げましたと嬉しそうに言い、他の三人がはにかんだようにうなずく。久子はあえて感想などは聞かなかった。膨大な量の本を読んでいる人ほど、頭の中に蓄積されている情報は多く、どの本がどんなだったのか即座に思い出せというのは酷だ。久子の従弟、四郎《しろう》のように読んだもののストーリーもデータも結末もすぐに思い出せる人間は稀《まれ》なのだ。

幸い、四人のうちの一人は内容をかなりよく覚えていてくれて、会話は気まずくならずに済んだ。最初に久子に、作家の先生ですよねと声をかけてきてくれた子だ。私服だが、まだ高生くらいだろうか。久子がデビューした頃にはまだ生まれていなかっただろう、若い読者だ。

「でもあの短編が発禁になっちゃったのは残念でしたよね」少し年長らしい、困り眉毛の細《ほそ》面《おもて》の子が言った。「もっとよく読み込みたかったです。元ネタも研究したかったんですけど」

車椅子の子が、久子に見えにくいところで困り眉毛のブラウスを引っ張った。

「あれねえ」

久子が嫌がる様子もなくその話題を引き継ぐと、緊張しかけていた空気が和《やわ》らぐ。

「私もまさかと思ったんだ。元ネタの大半はドストエフスキーとレムとダニエル・キイスとかの古典だし……あとはタルコフスキーとか……小ネタは分からなくてもストーリーの理解には何の問題もないから気にしてなかったんだけど、どうやらそういう小ネタがだめだったみたい」

四人が神妙にうなずく。これから金曜日恒例の読書会だという彼女たちは、全員が同じ本を抱えている。先月発売になった、久子の後輩ともいうべきある文学賞の受賞作だ。

「まあしょうがないけどね。自分でもちょっとチャレンジだなあと思ってたから。違法扱いになるかもとは思ってたというか……限界がどこにあるのか試したかったっていうのもあるし」

発禁処分は前科として数えられるわけではない。そこは「文化的」に対応し、作品は発禁となっても、その著者自身の表現の自由自体は奪わないということになっている。

「でも、気落ちしないでくださいねえ、センセイ。新しいご本、待ってます。早く書いてくれないと、センセイのご本、本屋さんに並ばなくなっちゃいますよ」

今度は全員が困り眉毛に非難の視線を向けた。が、久子は微笑《ほほえ》みながら、ありがとう、がんばりますと答え、読書会の時間が迫っているであろう彼女たちを急かして、上階のイベント会場へと向かわせた。

久子の心が広いわけではない。おばさん全般に標準装備された、薄っぺらい世間体だ。

共栄堂書店は、弱小地方都市の本屋にしては大きいほうだろう。久子が小学生の頃すでに、裏と表の二軒分の店舗をつなげた広さで、二階もあった。表通りのアーケード街に面した店舗には雑誌や新刊書、文房具が置かれ、二段低くなった奥の店舗には専門書や文庫、二階は児童書と学習参考書、そしてマンガがあった。三階は音楽教室で、その上は倉庫になっていたようだった。

初めてエラリー・クイーンの文庫本を買った本屋。まだ中学に上がる前であり、特に他の子と比べて頭が良いというわけでもなかった久子が本当に解《わか》って読んでいたのかどうかははなはだ怪しい。が、それまで子供向けにリライトされた『エジプト十字架の秘密』くらいしか手にできなかった田舎の図書室少女にとって、大人と同じ文庫本を手に取るのはそれこそ本当の人生の始まりだったのだ。

共栄堂で出会って手に入らなかった本ももちろんたくさんある。推理小説の雑学を書いた本は今でも惜しいと思っているが、タイトルさえ思い出せなかった。「エラリー」という名が「ハンノキ《エルダー》の生えた島」という意味だと知ったのもその本だ。

久子が中学生になるくらいの頃には、隣の床屋だった店舗も共栄堂に吸収された。しかし増床はそこまでだった。だんだんに本が売れないと言われる時代になってゆき、久子が引っ越して共栄堂に通わなくなっていた間、売り場はどんどん縮小して閉店寸前になっていたと聞く。

久子が結婚して東京に引っ越してからは、噂さえ聞かなくなっていた。もうとっくに閉店したものと思っていた。

駅から実家までのルートから少し外れているので、この数年、前を通ってさえいなかった。が、今日は駅前の工事のためにバス停が移動していて、たまたまこっちの通りに来ることになったのだった。そして目に入ったのが共栄堂だったというわけだ。

往年の活気を取り戻したどころの騒ぎではなかった。かつてない活況、新刊書のパラダイスだ。あの法律が施行されてからたったの五年で、何もかもが劇的に変わってしまったのだ。

かつての段差だらけの店舗はバリアフリーになり、二階の隅の自販機コーナーだったところは、都心のコンセプトストアのようなイベントスペースになっていた。そしてそこに、本を買い求める大勢の客がやって来る。最新刊の平積み台には人だかりができていた。書棚のエンドに張り出された新聞の書評欄を食い入るように見つめる、勤め帰りの人々。レジの前では、増刷を待ちきれない人たちが、在庫の最後の一冊をめぐってちょっとした言い争いになっていた。

唯一変わっていなかったのは、何故か匂いだけだった。新刊書店にしてはしめっぽい、少し体育館的な匂いだ。内装も本も人も時代も、何もかもが変わっているのに、何故か「共栄堂の匂い」だけはそのままだった。

何もかもが変わった。何もかもが。良いほうに……とは思っていない。しかし今だからこそ、久子程度の作家でも、新刊を出せば誰もが後回しにせずに読んでくれるのだ。そしてあんな風に、先生、先生と声をかけてもらえる。もっとも、次の新刊を早く出さなければ、あの困り眉毛の子が言ったように、久子の本は一冊も市場に流通しなくなる。

久子は店を出て、日の落ちた商店街に戻った。かつての狭苦しいアーケードはもう無い。九月の第三週はまだとうてい秋には遠く、湿った暑苦しい空気がまとわりついてくる。

銀行の広い駐車場は、明日明後日《あさって》の秋祭りの会場として提供されていた。これも久子が子供の頃からの慣習だ。一通り設営を終えた商店街の親父さんたちは、もうすでにテントの下の折り畳みテーブルに酒を並べている。ということは、久子の実家のすぐそば、公民館横の空き地も同じことになっているはずだ。帰って来る日を間違えたかもしれない。

一日十本ほどに減ってしまったバスは、八時台が最終だった。タクシーで帰ってもいいのだが、最終の一本前のバスが発車時間を待っている。それに乗れば二百三十円で実家まで行ける。

もう誰も住んでいない実家には、「売家」の看板がかかっているが、買い手が決まっていない今、それはまだ久子と妹の相続財産だった。鍵は持っている。管理上の都合から、電気と水道は止めていない。面倒見のいい不動産屋が時々掃除をしてくれている。

家の中がどういう状態になっているのかはもう知っていた。久子はブレーカーを上げて最低限の照明だけをつけると、父のかつての税理士事務所や自分の部屋を見ないようにして、両親の寝室に入った。

自分の部屋で寝る気にはなれない。マットレスは古いし、本棚は荒れ果てているし、両親の介護問題が突然降ってわいた時に何週間も泊まりに来て、毎晩吐き気がするほど悩み考えながら過ごした記憶が強烈に残っているからだ。それに比べると、両親の部屋はマットレスも新しく、エアコンもあり、意外にも嫌な記憶がない。両親のそれぞれが死の床についたのはこの部屋ではない。この家でもない。

この家にはもうつけっ放しにできるテレビがないのだけが難点だった。親が有料老人ホームに引っ越す時、テレビはあちらに送ってしまい、最後にはホームに遺品整理業者に来てもらったからだ。

久子は大きいほうの荷物を置いて外に出た。一瞬迷ったが、デジタルの一眼レフは首から下げて持って行った。一見若そうに見える中年女がデジタル一眼をぶら下げ、いわゆる「ナチュラル系」の服を着てほとんどノーメイクでいると、アーティスト気取りの痛々しさが出る。が、逆に言うと、それ以上ひどい何かには見られにくい。

日はすでに落ちており、故郷の湿った夜の匂いがする。ここはいかにも昭和と平成の境目に造成された新興住宅地――もうとうに「新興」ではない――らしく、豪邸でも狭小住宅でもないものが延々と立ち並んだところだった。同じ住宅地でも、奥のほうの家は車が必須だ。だが幸いにも久子の実家は国道に近い側にあったので、徒歩でファミリーレストランやスーパーに行くことができる。

隣の家の角を曲がり切らないうちに、数人のおばさま方につかまった。同じ班の住人であり、母の友人たちだ。白犬の飼い主と、地主さんと、看護師さん、茶ブチ犬の飼い主。

「やっぱり久ちゃんだったのね。おうちに電気がついてるから、そうかなと思ってたの」

「帰ってくるの？　こっちにはずっと住めるの？」

みな公民館にいたのだという。祭りの準備のためだ。やはりこういうことになったか。

「すみません、ご無沙汰してます。父の葬儀の時はありがとうございました……お香典返しをちゃんとお渡ししていないところがあるかどうか気になってたんですが……」

「やだ、そんなのいいのよ。家族葬だって知ってたのに私たちが勝手に行っただけだから。かえって悪かったわねえ」

二年ほど前の母の葬儀の後にも、全く同じ面子《メンツ》で全く同じ会話をした記憶がある。

「で、これからこっちに戻ってこられるの？」

「いえ、夫はもともと東京の人ですし……」

「そうよねえ。お嫁に行ったんですものねえ」

「気を落とさないでね。元気にしていないとお父様も悲しむから」

「旦那さんと仲良くね」

「こっちに遊びに来たくなったらいつでもいらっしゃいね」

久子は何か言われるたびにありがとうございますと返事をして小さく頭を下げた。これが嫁いだばかりの若い娘と年配の御婦人方の会話なら分かるが、実際には久子はもうとうの昔に中年の域に達していた。確かに、ここに引っ越してきた時はまだ「若い娘」だったが。だが、近所の人たちとの関係とは、往々にしてこういうものだ。

おばさま方とはお互い何度も頭を下げながら別れた。近所づきあいなど面倒なばかりだと思って全て母任せにしていたが、今になってそれを後悔している。もう遅いが。結局、介護保険の申請の時、介護業者の選定の時、自分が倒れて救急車が来た時、親の引っ越しの時、留守宅の草刈りの時、全てにおいて一方的に世話になったのは久子のほうだった。挨拶時の贈り物にフランスの高価な紅茶を包んだりしたが、もはやそれ以上に恩返しをする機会などありはしないのだ。

イタリアン風のファミリーレストランで、久子は一番薄暗い片隅を選び、壁を背にして座った。金曜日の夜とはいえ、このあたりの飲食店は「混む」ということがない。小皿をちまちまと一品ずつ頼みながら、ただ甘いばかりのハウスワインを舐《な》めて時間を潰した。

周囲から見えないことを改めて確認すると、久子はデジタルカメラのモニタに電源を入れた。

異変は何もないように思える。実際にはパソコンの大きな画面で見てみないと分からないが、この小さなモニタで拡大してみる限りでは、検知できるほどの異変はない。

久子は午後、いったん二つ先の駅で降り、実家の墓がある寺に行ってきたのだった。

住職は久子や四郎と遠縁の親戚だというが、どういう続柄なのかは誰も把握していない。久子より少し年下で、福々しく典型的な「いい人」だ。大河ドラマと仮面ライダーのファンでもある。久子は東京のデパートで買った今時の洋菓子を差し出し、しばらくの間、どうということもない世間話と大河ドラマの話を続けた。長い経文をたくさん覚えるだけあって、ドラマのキャスティングや脚本についての住職の記憶力は半端なものではない。どの役者が誰に似ているという話になった時、久子はチャンスを捉えた。あるドラマの家康が四郎に似ていると住職が言い出したのだ。

「いや、ひげで似てるように見えるだけかもしれないですよ？　だいたい、去年あたりからちょっと痩せちゃったし……そういや四郎ちゃん、最近こっちに来ました？」

「あ、来た来た。最近ってほどでもないけど。あれいつだったかなあ。久ちゃんのお父さんのお葬式のちょっと後くらいだった」

ということは、ちょうど半年ほど前ということだ。四郎は少なくとも半年前までは生きていたわけだ。

住職は年に二回、本山に行かなければならないという。四郎はそれを知っていたのだろう。ちょうどその頃にやって来て、その間、寺の留守を預からせて欲しいと言い出したのだという。坊さんのお勤めはできないが、掃除や留守番くらいはできる、と。こんなご時世に乱れっ放しの心を整えるため、その数日間、世間から離れて静謐《せいひつ》な場所で過ごしたいとのことだった。

四郎の誠実な人柄は知っていたため、住職は二つ返事で承知した。留守居役がいれば、日ごろ休みらしい休みのない妻を勉強という名目で京都に連れてゆくことができる。管理人の負担も減る。

久子は住職の印象に残らないよう、それ以上話を掘り下げはしなかった。四郎ちゃん、あちこちフラフラ出歩いてるみたいで、ご迷惑をおかけしましたとだけ言っておいた。

「いやそんなの全然気にしてないですよ……四郎さんとこは、ほら、絢香《あやか》ちゃんのことがあったし……気の毒だよね。絢香ちゃんのお墓は東京にあるんだっけ？」

「はい。イマドキ風のロッカー式の納骨堂ですけど」

「奥さんにも先立たれたのに、娘も自死しちゃうなんてねえ……僕が言うのもなんだけど、神もホトケもないもんかって思っちゃうよ、普通は。寺に来てくれただけありがたいよ」

住職は無神経なわけではない。久子たち一般人よりも死は身近にあり、むしろ忌避してはいけない話題なのだ。

久子は実家の墓に参り、本家の墓にも立ち寄った。自分のコンパクトカメラではなく、夫から借りた大型の一眼レフで慎重に何枚もの写真を撮る。そう、勝手に持ち出したわけではなく、刑務所での面会の際、ちゃんと夫から許可を得て借りたのだ。

ファミレスの一隅で、久子はその時の写真を一枚一枚、できるだけ詳細に確認する。異変はない。ない……ように思える。だが何かが心にひっかかる。何かに違和感を覚える。四郎は葬式や墓じまいの動向が摑めない他家の墓には手を付けないだろう。同じ理由で、四郎とは交流のない本家の墓にも触れないはずだ。可能性があるとしたら、久子の実家の墓だ。

バッテリーが切れるのではないかと思うほど長い時間モニタを見つめ続け、父や母の葬式で夫が撮った写真とさんざん見比べ、久子はようやく違和感の正体に気づいた。

線香を載せる石や、花を飾るための穴を穿《うが》った石――検索してみると、墓のパーツの名称図には香炉、水鉢、花立等とあった――の位置が、おそらく一センチ以内だろうが、微妙に違うのだ。決定的だったのは、二つ一組の花入れが左右で入れ替わっていることだった。御影石の僅かな色の違いがそれを告げている。

久子の祖父母と両親の骨壺の奥に、何らかの耐環境性の容器に入れられたハードディスクが隠されているのに違いない。膨大な本のデータを詰め込んだハードディスク、おそらくは複数の、だ。

世界中で「読書法」が施行されて五年になる。実際には映画や音楽など、ありとあらゆる分野で同様の法律があるのだが、事の発端が書籍だったということもあり、慣習的にそう呼ばれている。

新刊の「寿命」は六年が限界と定められている。それを超えた本は、古典指定、保存書籍指定のないものは全て廃棄される。増刷は発刊後一年以内に四回までだ。今市場に出回っている本は、指定のあるもの以外全て、四年から六年の間に完全分解するインクで印刷されている。それ以前の本は、官憲が責任をもって摘発、廃棄に当たる。研究書や社会的ドキュメンタリー等、暫定保存指定のある分野もあるが、最終的にはよほどの名作と万人に認められない限り、廃棄は免れない。

個人の財産権も何もあったものではないが、意外にもこの法律は支持されて各国で成立し、短期間での施行にまで到達した。何故なら、職業クリエイターたちによる強大な国際的圧力団体が存在したからだ。

本を書いたり映画を撮ったりする側が「読書法」を推進するのは、一見奇妙なことに思える。が、よくよく考えてみれば納得のいくことだった。何しろ、何を書いても既存の作品の焼き直しだと言われ、どんな場面もあのシーンのパクリだと言われ、もはやどんな旋律やコード進行にもオリジナリティは残されていない。あのトリックの使いまわし、このネタの使いまわし、この後の展開は読めた、下敷きにした元ネタが透けて見える、先行作品のほうがよかった、もっといい既刊があるのに何故これを書いた、他局の真似、前期ドラマと同じ、盗作、剽窃《ひょうせつ》、二次創作、改悪カヴァー、リメイク頼み、デビュー当時からこの作家の陥《おちい》りがちなパターン、シリーズ始まりの頃に比べて筆力が落ちた等々。いったいどうすればいいというのか。

一方、読者（観客／聴き手）のほうにも実は限界が来ていた。毎日のように出される新刊。ネットでつながった読書好きたちの間では、発売から数日の間に「買いました！」と画像をアップし、せいぜい二週間以内に感想を書き込まないと仲間外れになってしまう。しかし、子育てや仕事や学業に追われていると、そう簡単に一冊読み切れるものではない。そうこうしているうちにまた注目の一冊が出てしまう。いや、ただ新刊だけを追っているのなら、ジャンルを限ればついてゆけないものでもない。しかし実際には、数年前に出たあれは読んでいるか、十年前に出たそれは読んでいるか、十五年前に四十二冊の著作を残して亡くなったあの作家はもちろん読んでいるだろう、それとこれとあれはもう古典と言っても過言ではないのだから読んでいるべきだ、その本を論じる前にこれとそれは読んでおくべき……「読むべき本」は淘汰されて減ることはあっても、増えるほうには追いつかない。

それら過去の「読むべき本」の存在は、中高年読者にはさほど重荷ではない。何故なら彼らは、その多くをリアルタイムで読んできたからだ。大変なのは若者だ。過去の「読むべき本」の総量だけでも、一生分の読書量になりかねない量だ。しかしたまに超人的な読書家が現れて、若いうちからそういうものをどんどん消化していく。若手評論家の席は彼らだけで埋まってしまう。それどころか、過去の本を知らなければ、単にネットで本のことを語り合うのにも不自由する。

物理的な限界もあった。読書家であればあるほど、もう本が置けないので本が買えないという状況に陥っている。読書家の子供たちは、生まれた時から本があふれた家に住んでいるので、過去作に接するのには有利だが、置く場所のことを考えると新刊を買いにくい。親と本棚やタンスの上やベッドの下、床の取り合いだ。事が本だけで済んでいればまだしも、こういう問題は音楽や映画についても起こっているのだ。一度は見ておくべき過去の名作だけで、あなたの半生分の時間を超える。音楽もだ。マンガもだ。エッセイやお笑い、ポップス、ＣＭソングまで含めると、人ひとりの人生では代表的な名作をカヴァーするにも足りない。

要するに、みな限界だったのだ。

過去作に煩《わずら》わされなければ、書くほうは焼き直しだの使い回しなどと言われずに済み、読むほうは質的、量的な圧迫から解放されて、「娯楽としての読書」本来の楽しみを回復できる。

書籍はおおむね、聖書やギリシャ神話、『三国志』、『源氏物語』のような「大古典」と、シェイクスピアやドストエフスキー、三島由紀夫のような「古典」、コナン・ドイルの一部の作品やアイザック・アシモフの代表作などの「保存指定書籍」、今後「保存指定書籍」に昇格する可能性がないでもない現代の秀作は「暫定保存書籍」に分類された。古典作家たちの失敗作や書簡などは、「付随保存文書」として、各国の閉鎖施設で電子データだけが保存される。閲覧許可は困難を極める。

電子データと言えば、一般閲覧用の電子書籍や、書籍の電子データ化は厳格に禁止された。当然だろう。物理的な本を廃棄してもデータが残っていて気軽にコピーされたのでは過去作を禁止する意味がない。

アガサ・クリスティはほんの数冊の代表作しか残っていない。エラリー・クイーンやディクスン・カーに至っては、驚いたことに一冊も残らなかった。それでいったい何の文句があるというのだろう？　不満を述べる権利がある人間がどれほどいるというのか。直木賞を切望していながら直木三十五の作品をちゃんと読んでいる作家がどれだけいるのか？　直木賞の有無で作家を判断する読者たちのいったい何人が、直木三十五の作品を読んでいるのか。それじゃ吉川英治や山本周五郎は読んだと言えるほど読んでいるのか？　大藪春彦は？　全部読んでるだと？　馬鹿な！　お前ら小説しか読まないんだろう？　お前らは小説ばかり読んでいないで、ちゃんと政治や科学や他分野の芸術にも関心を持つべきだ。あの評論家はエイゼンシュテインから青春コメディ映画やゾンビのカルト映画まで見た上で映画を語っているとでも言うのか。映画を見ながら舞台芸術や小説や教養書までカヴァーできている人間なんかいないだろう？　どうせそんな必要はないんだろう？　誰もそこまではできないんだろう？　だったら別に構わないじゃないか。どうせエラリー・クイーンをちゃんと読んでる読者なんて地球上には数えるほどしかいないんだから、出版界全体の発展を犠牲にしてまで守るのは間違ってる。どうせ放っておいたって、多くの言語圏でミルチャ・エリアーデは絶版だ。ところで「みるちゃえりあーで」って誰だ？　もう本の情報なんかフォローしきれないんだが。

本やデータの摘発は、意外にもスムースに行われている。世の中には、有名漫画家や売れっ子作家、人気エッセイストを面白く思わない人間、あわよくば一泡吹かせてやりたい人間が意外にたくさん潜んでいるのだ（ましてや売れない作家なんか、彼らにとっては人間でさえない）。特別部隊として編成された彼らは、非常に熱心かつ忠実に任務を遂行した。これは焚書や言論弾圧の類ではない。社会を良くする使命、もしかしたら自分にも著作を発表するチャンスが回って来るかもしれない善い行いなのだ。

久子は弱々しい反対論の側にいたが、ただでさえちやほやされない系統の作家の言うことなど、誰も聴きはしない。トリックの使い回しを揶揄《やゆ》される多作のパルプミステリ作家たち（世界レベルではものすごい数がいる）は例の圧力団体の中でも権勢を誇っており、作品の幾つかが「ミステリ」に分類される久子は自分にお誘いがかかった時にどんな辛辣《しんらつ》な言葉で追い返してやろうかと気負いこんで策を練ったが、ついに彼らから声がかかることはなかった。そもそも相手にされていなかったのだ。

抹消された自作を「新作」と称して再び市場に送り込むことで抵抗を図った作家たちももちろんいた。が、そんな小手先の技は、人工知能によるスキャンで、すでに出版されたものと同一――あるいは多少手を加えているだけで事実上同一――と一発で見抜かれて廃棄された（国民にはアクセスできないところに既刊のテキストデータは残っていて、摘発に使われるのだ)。多作家たちは、自分の旧作をもう一度「新作として書く」ことで消滅を免れようとしたが、これは読者から「かつてより筆力が落ちている」と嘆かれることが多く、事実上は失敗だった。

作家たちにできることは、「暫定保存書籍」の枠を目指して新作を書き続けるだけだ。「真剣勝負の新作が増えた」として歓迎する動きが、読書法の定着に手を貸した。出版はもちろん、映画も音楽も産業としては何十年かぶりの活況を取り戻し、経済的にも後戻りはできない状況になった。

書評家の四郎は、家が「本の魔窟ナンバーワン」と称されるほどの蔵書家——言うまでもないが整理はされていない。だからこその「魔窟」なのだが——で、当然反対派の急先鋒だった。彼は推進派の白称「手ごわい論客」たちにネットで絡まれ、多くの敵を作り、読書法が施行される前にすでに論戦に疲れきっていた。やがて彼は工業用の断裁機を買い込み、いずれ劣らぬ魔窟の仲間たちと共に本の断裁を始めた。いつかは彼らの魔窟にも「特別部隊」が押しよせ、否応なく大半の書籍を断裁する。その前に自らの手で稀覯本《きこうぼん》も断裁してしまおうというわけだ。

だが、久子はそれが単なる断裁ではないと気づいていた。彼らは本を違法にスキャンしていたのである。どういう形でデータを残すつもりなのかは分からないが、とにかく、四郎たちは読書法施行前後の三年ほどの間、ほとんど仕事をせずに情報を持ち寄り、本を持ち寄って、ひたすらスキャンと断裁を繰り返していた。断裁機は、作業開始の少し前に自殺した娘絢香の部屋に設置され、革命期の断頭台のように本の背表紙を切り落としていった……

久子はカメラのバッテリーが落ちる前に電源を切った。

おそらく、いや、間違いなく、そのデータ、少なくともその一部が、久子の実家の墓にある。

もちろん久子はそれを誰に告げるつもりもなかった。いよいよ官憲が四郎の魔窟に迫ってきた去年、四郎は姿を消した。久子はただ、四郎の無事を祈るばかりだった。

都会ではこういうファミレスは終夜営業のところも多いが、田舎ではそういうわけにもいかない。驚くほど早い時間に終業間近を知らせる音楽が流れ始める。久子は早めに店を出た。国道を渡った向かい側には、もっと遅くまで営業しているファストフードチェーンがある。が、もうどこにも行く気にはなれなかった。明日の移動時間を考えたら、もう帰って睡眠導入剤を飲むべきだろう。

夜更けはさすがに東京よりは涼しい。ひと気のなさ、車通りの少なさも、涼しく感じる理由だろうか。

夫は書籍の電子データを他のデータ上に拡散させる方法（こういうのを何というのか久子は知らない）や、百科事典や大古典の本の上に特殊インクで何冊もの本を重ねて印刷する技術の開発に闇で関わり、去年、逮捕された。この手の罪に執行猶予はつかない。いきなり実刑で服役だ。この手の罪人を収監する最大の目的は、本から引き離すためだ。そして、彼らは再生紙生産の人手でもある。夫の刑期は後二ヵ月あった。

四郎や夫がそうしている間、久子も非力な反対運動以外の努力をしなかったわけではない。数年前、ある大きな公募賞を受賞したのだった。生き残りのためになりふり構っていないとか、プロのくせに公募賞に応募するなんて、とさんざん陰口を叩かれたが、久子としてはむしろ、生き残りのためにしたことではなかった。今時、出版社にとっても、自社の出版物が「暫定保存書籍」に指定されるのは歓迎だった。できるだけそうなりそうな本を出したい。以前にもまして、「世の需要にかなった本を書け」という有形無形の圧力は強くなっていた。いつ書きたいものが書けなくなるか分からないという不安は、「読書法」以前にもまして強くなっていた。久子は、本当に書きたいものをどの出版社からの圧力もない公募賞応募作という形で書き、アマチュア時代の憧れだった賞に送り出してやりたかったのだ。幸い、その時期の選考委員は久子が信頼できる――出版社の意向を汲んだ選考をしない――作家たちばかりだった。

その応募の衝動は、ある種の予感だったのかもしれない。間もなく自分が健康を害し（厳密に言えばこの三十年間は健康ではなかったのだが）、久子の実家や夫の実家から次々と手術の必要なものが現れ、そして両親があっという間に介護状態になり、夫が逮捕された。久子の執筆はほとんど止まってしまった。それでもかろうじて忘れられていないのは、あの時の受賞作が「暫定保存書籍候補暫定措置」として十年はもつというインクで増刷してもらえたためだ。

そんなに細かく時限爆弾を設定できるとは！　まったく科学技術様様ではないか。久子は実家から少し離れる方向に歩き、この住宅地の直径一キロ圏で唯一の終夜営業スーパーに立ち寄った。

帰りはぽつりぽつりと街灯が立っているだけの住宅地を歩くしかない。治安は極めて良いので人通りが全くないことは問題にならない。ただ、「ネットの怖い話」を思い出させる、あまりにもどうということのない、何も起きそうにないが故にかえって不安を呼び起こす町並みが、一人で歩く時の重荷になる。

「はいどうも～こんばんは。ごめんなさいね、ちょっとね、お話しさせてもらってもいいかなあ？」

一つの街灯の下を通りがかった時、視界の右斜め前に一台の自転車が止まり、いかにもベテランらしい警察官が声をかけてきた。久子はスーパーの袋をぶら下げていないほうの手で一眼レフに触り、私はこういう、若い人に対抗してネットにいい写真を上げることに血道を上げている風の痛いおばさんですよとさりげなくアピールして見せた。

「ごめんなさいね～こういうお役目なんで。ちょっとね～身分証……見せてもらってもいいかな？」

警官は手慣れた様子で自転車を立てかけながらそう言い、いかにも申し訳なさそうにほんの少し頭を下げた。久子が無言でバッグをさぐって身分証を取り出すと、警官はそれをまたスミマセンねという動作で受け取り、しげしげと眺めた。刑事ドラマのいい警官役といった雰囲気だ。警官としての勘が働くので容疑者につながる情報を獲得し、主人公の刑事に、所轄にしておくのはもったいない等と言われて謙遜する役回りか。

身分証を見せろと言うシーンはアメリカのドラマでは昔からよく見るものだったが、今や日本でも同様になった。こういう時代だから仕方がない。警官は、筆名が付記された久子の身分証をスキャナーにかけ、バッグの中身を検査した。そして、久子の腹回りを、わざと分かるようにじろじろと眺める。

「あ〜、作家の先生ですよねえ。ていうと……ほんと、ごめんなさいね〜。お役目なんで。それ……ちょっと確認させてもらっていいかなあ？　今、婦警さん呼びますんで」

「いいえ、結構です」

久子は、ジーンズの上に裾出しで着ているシャツを平然とまくり上げた。警官は一瞬止めるようなしぐさを見せたが、結局は久子がしたいようにさせた。

ウエストの少し下に、黒いプラスチックの筐体を薄いバンドで止めている。警官は首をくっと前に出すようにしてのぞき込んだ。

「インシュリンポンプと血糖値測定器です。これを外して検査するのでしたら、まずここに」

久子は身分証を入れていたカードケースからよれよれの書類を取り出した。「連絡して主治医の許可を取って、インシュリンポンプを扱える医療機関を指定してもらってください。うかつに外すと死にますから、そこは……」

「あ、いやいや、別にそんな……そこまでアレじゃないんで……いやごめんなさいね、ほんとに。失礼しました。あ、しまっちゃっていいですよホントにすみません」

警官は身分証を返し、お気をつけてお帰りくださいと言って自転車で去っていった。

久子は実家に帰ると、偽物のインシュリンポンプを外してベッドの上に投げだした。偽物の書類は身分証と一緒にしまっておく。

もし本物だったとしても、外すと死ぬのは嘘だ。それなりにまずいことにはなるだろうが、そう簡単には死なない。もしI型糖尿病の治療に詳しい警官に職務質問されたら、旧来のインシュリン注射器も持ち歩いていることがばれてしまうだろう。しかしそういう場合もすでにシミュレートしていた。インシュリンポンプは試用を始めたばかりなので、補助的な手段として注射器も併用して云々と、ちゃんと台詞《せりふ》は用意してある。もっとも、そのシーンを書き足すなら、八百字以内に収めるべきだろう。そんないらない計算まで、ついしてしまう。

明日は特に早いわけではない。何しろ、目的地への交通機関がそんなに早朝から動いているわけではないからだ。こういう時こそ車が運転できたらと思わずにはいられないのだが、この視力ではどうにも……

実家のガスはもうとっくに止めてしまっているので、風呂には入れない。まあ、一日くらい風呂に入らなくても死にはしない。久子はついさっきスーパーで買ったデオドラントシートで身体を拭くと、いつもは一錠半で済んでいる睡眠導入剤を二錠飲んだ。

何度か目が覚め、明け方に絢香の夢を見た。

父の四郎よりも激烈に「読書法」に反発し、学業そっちのけで反対運動に奔走し、施行目前に高校三年生の若さで自ら命を絶ってしまった絢香。自分は本を書くタイプではないので、本を守る人になりたいと言っていた絢香。この世はメジャーな名作だけで出来ているわけじゃないのにと言って、四郎の魔窟で泣いた絢香。思うに、この世は彼女が生きるにはあまりにもがさつに過ぎたのだ。

夢の中で久子は絢香の同級生になっていて、めったやたらと広い学校の中、二人で教室を探して さ迷い歩くのだった。

全ての列車とバスが予定通りに運行されますように。

昔は風が吹けば遅れ、雨が降れば止まると言われていたローカル線も、さすがに二十一世紀にはそこまでではなくなった。ただ、久子もこの路線には思いがけない理由で足止めされたことが何度もある。洪水とか、イタチの感電とか、不発弾とか。

今日もまた曇りだった。直射日光に照り付けられることがないのは幸いだったが、蒸し暑さは前日以上だった。久子の乗った列車は、かつて両親がいた老人ホームの駅を過ぎ、墓と寺の駅を過ぎ、さらに北上した。急行と各駅停車を併用することも考えたが、ネットで調べると乗り継ぎがうまくゆかないことが判明したため、ただひたすら各駅に乗り続けている。車内で読むための本も持ってきていたが――あと三年くらい寿命のある新書だ――まったく頭に入らず、漠然と親のことを考え続けた。あれでよかったのだろうか。こうすればよかったのではないだろうか。あの時の答えはもっと気の利いたことを言えればよかったのに。あの時外出させたのはよかったのか悪かったのか。父も母も本当は妹のほうが好きだったのかもしれない。毛布の柄はあれでよかったのだろうか。骨壺の色はあれでよかったのだろうか。

昼近くに単線に乗り換え、ますます遅い速度で、山とも言えないようなだらだらした山地を行く。

バスまで一時間以上の待ちがあったので、ネットでどうにか存在を突き止めた食堂とも喫茶店とも言い難い店で、今時珍しいトマトケチャップ色のスパゲッティを頼んだ。出てきた皿を見て、久子は思わず食事前のインシュリン注射の量を減らした。案の定、それは美食家とは程遠い久子にも半分程度しか食べられないような代物だった。

もっとも、食欲がないのは味のせいばかりではない。緊張してきているのだ。以前に比べれば精神的には強くなったと思う。が、その分、聴覚や嗅覚、胃腸、めまいなど、身体症状として現れるようになってしまった。トータルで言えば、まったく強くはなっていない。

バスの後は歩くしかなかった。震災の後、最低十キロは歩ける靴しか履かなくなり、以前よりももっと歩くよう心掛けているが、舗装もない田舎道の歩きはなかなか厳しい。

そもそも、こんな思いをしてでも先に進む意味があるのかどうか、よく分からないのだ。ネットにも上がらない、ごく少数の人たちの間でささやかれる噂に過ぎないのに。

この道でよかったのだろうかと不安になり始めた頃（もっとも、道と呼べるものはその一本しかなかったのだが）、小さな村落に出た。この道でいいのだ。この村はネットの衛星写真でも確認できる。古い家々には、震災の後に設置したのだろうか、取ってつけたような鉄骨の筋《すじ》交《か》いが入っている。人通りはなかったが、久子はこれ見よがしに一眼レフを構えて木の枝などを撮った。あまり高いところの写真は撮れない。今日はいつにも増して左肩の調子が悪いからだ。原因は四十肩だが、数日前、その名称は自動的に「五十肩」になっていた。

もはやけもの道と言っても過言ではないところをさらに先に進むと、煮しめたような色合いの簓子下見《ささらごしたみ》板張りの壁に、ただ無愛想に「木の家具」とだけ彫られた看板がかかっている家があった。後付けの筋交いを無視するように、日に焼けた紙が貼られている。「工房に商品は置いていません。ご注文は下記のお店でお願いします」。隣の市のとある商店の住所と、長いURLが記されている。

久子はペットボトルの水を一口飲み、飛び交う羽虫を手で払うと、耳を澄ました。ニスの匂い。奥のほうから、何か固いもので木をこすっているような音がする。

久子は思い切って戸を叩いた。貼り紙からすると、誰も出てきてくれない可能性もある。

少し待って、また戸を叩く。

作業の音が止まった。

髪の六割がたが白くなった男性が戸を開けた。

それは純粋な文学青年のようにも、アメリカ式の教育を受けたビジネスエリートのようにも見える、ちょうど青年と中年の境目にいる男性だった。若々しい顔に深いしわが刻まれている。手足の長い、すらりとした、老成した青年。

久子は最初から言い訳をする目で彼を見てしまった。きっと、工房では注文は受けていませんと言われると思ったからだ。が、青年——とりあえずそう呼んでおく——は、優しく微笑んで久子を見下ろし、ゆったりと久子の言葉を待った。久子が慌てて挨拶をし、筆名を名乗ると、青年は目じりに盛大にしわを寄せてにっこりと笑った。

「あ、もちろん存じています。今さらですが、ご受賞、おめでとうございます。あの本は、暫定保存書籍候補暫定措置になっただけじゃなくて、目下、暫定保存書籍への移行が検討されていると聞いています」

久子は期待のあまり拍動が早くなるのを感じた。彼は久子の名を知っていたばかりではなく、何年か前の受賞作について、まるでインタビュアーが周到に準備したようによどみなく語ったのだった。

「ありがとうございます！　本当に……ありがとうございます……。でも、私はですね……」

「あなたの短編は一つ読んでいます」青年は久子の言葉を優しく遮《さえぎ》るように言った。「アンソロジーに入っていたものです」

「どれですか?!　……あ、ありがとうございます！　どの短編でしょうか？　いえ、私としてはどれも力を入れましたし、気に入っていますけど、でも……」

どれも手抜きはしていない。これはひどいと思うようなものは一つも書いていない。しかし、何と言ったらいいのだろう、必ずしもその全てが自分の作風を代表しているとは言えないのだ。

「長編もそうです。評価が高いのはあの本だというのは分かっていますけど、私としては……どちらかというと……これを読んでいただきたくて持ってきたんです。だからどうか……」

久子が何も取り出さないうちに、青年は久子の言葉を止めた。

「でも待ってください。なんか僕のこと誤解してません？　僕だって、この能力のどこらへんに限界があるのか分からないんですよ。もしかしたら、次に記憶した一冊で脳の容量がいっぱいになっちゃうかもしれないし、明日頭を打って全部忘れちゃうかもしれない。いや、明日から脳の老化が始まってどんどん忘れてゆくかもしれない。誰にも何とも言えないんですよ。……僕、ほら、頭、こんなふうでしょう？」

青年は短く刈り込んだ自分の胡麻塩頭を左手で指した。

「まだ四十歳にもなってないのに、これですよ。老けるのが早いんだと思います。それに、父方も母方も認知症の家系だし……。僕もきっとそうなりますよ。どっちにしても、もし僕の能力が無限で、生きている限り読んだ全ての本を記憶できたとしても、それが僕の頭の中に残っているのは僕が生きている間だけです。僕が死んだら全部パアなんですよ。どっちにしても……」

青年はまた久子が口を開こうとするのを優しく制した。そして、少し厳しめの口調で言った。

「もし記憶が無限だったとしても、僕の読書時間は有限です。読む本は選ばないといけません。僕はあなたの短編を一つ読みました。記憶もしています。その上で言うんですけど、あなたがどんな本を差し出しても、僕は読むつもりはないんです」

全身から血の気が引いた。

実家にはどうやって帰り着いたか、久子の記憶は無い。


同じ日本人の先生方、私よりはるかに著名で人気のある先生方にこういうところで反論するのも申し訳ないのですが、あえてケンカを売るような言い方をします。私は電子書籍には賛成です。もちろん、電子書籍の売れ行きが良くないこと、コピーのリスクがあることも承知の上です。個人的な好みとしては紙の本が好きですし、紙の本を完全に廃して書籍を全て電子化しろというつもりで言っているわけではありません。電子書籍は出版し易いので、箸《はし》にも棒にもかからない駄作も簡単に出版できてしまうし、そういう本の海に良書が埋もれてしまう可能性もあります。……というか、実際すでにそうなってますよね？　それは私も分かっています。

しかし今、読書家であればあるほど本が買いづらい時代です。どうしてかって？　家に本があふれかえっているからですよ。物理的に。さっきA先生は、日本には文庫という優れたフォーマットがあるので収納の問題はあまりないというようなことをおっしゃいましたが、本当にそうでしょうか？　実際には文庫でない本のほうが多いですし、たとえ全ての本が文庫本サイズだったとしても、それでも一般の家庭には、いつかは収納の限界が来ます。

売れっ子の作家の先生方はお金持ちなのでしょうね、さぞかし広い書庫のあるお宅にお住まいなのだろうと思います。しかし私のようなカネにならない作家を含めて、一般の庶民は、2DKの集合住宅とかに住んでるわけですよ。もう本の収納はみんな限界なんですよ。本を愛すれば愛するほど、本が買いづらくなってるんです。これが現実なんです。なのに売れっ子の先生方は、自分の権利だとか、電子書籍が収益に占めるパーセンテージだとか、そんなお話しかなさらない。もう、広い家に住めないような貧乏人は本を買うなと言ってるも同然なんですよ。お分かりですか？

私はもともと文学が専門ではなくて、歴史学の人間です。なのでどうしても、作家の権利がどうこうとかいうことより、歴史的な流れの方に目が行ってしまいます。今起こっていることと、庶民の狭い家に娯楽としての書籍が何千冊、何万冊もあるという事態は、人類史上初めてのことです。新種の災害と考えることさえできる。過去の事態が参考にならない、全く新しい状態です。

B先生は先ほど、日本では本が売れなくなっている、気がついたらあんなに売れていた自分の本もあまり売れなくなってきていて、その分みながネットやゲームにうつつを抜かしていて、娯楽の質が下がっているとおっしゃいましたね。しかし、私はそれについても賛成しかねます。むしろ、これが「普通」なのではないかと思うんですよ。小説が娯楽として売れ、小説を書いたらカネになるという事態そのものが、歴史上、ほんの短期間だけ現れた例外的な出来事だったのではないかと思うのです。識字率が高くなって小説なるものを読める人が増えて、娯楽として、商品としての小説が成立した時期と、メディアが発達して小説以外の情報が娯楽の主流になる時期の間の、ごく短期にしか成立しない、例外的な事態だったのではないでしょうか。

「小説で食ってゆく」というのは何となくカッコよく聞こえますが、果たしてそうなのかどうか……。近年は純文学のみならず、娯楽小説でも兼業の先生方がいらっしゃいますが、私はこれは正しい選択ではないかと思っています。自分もそうでありたかったと思うのですが……何かまともな仕事に就きたかった。ここでこういう話をするのも何なんですが、正直、私は作家としては生計を得られるほど稼いでいませんし、まともな仕事に就いているわけではありません。正直、主婦という名の寄生虫です。自分の最大の恥だと思っています。せめてもうちょっと身体が丈夫だったら……っていうのも、ネットで最も叩かれる非就労主婦のセリフらしいですけどね。こういう私に発言の権利自体がないと言われてしまったら……どうでしょう？　認めて黙るしかないかもしれません。

作家は、小説は、本というものは、いったいどういう未来に向かっているのか……私にも分かりません。でももう、適度に古典があり、適度に既刊があり、適度に新刊が出て、適度に本棚が埋まった家に本を買って帰る……そういう時代は、もう二度と訪れないことだけは確かです。だから、今までとは違う時代がやって来る、いえ、もうすでに今までとは違う時代になってしまったということを前提としてものを考えないといけないんです。小説が売れなくなったからといって、それは読者の質が落ちたわけでもなければ、文化の退化でもなく、作家や評論家や学者が上からものを言って解決するものでもない。私から何か提言できるとしたら、まずそれを認識するところからスタートしよう、ということだけです……

そんな発言をしたのは一体いつだっただろう。場所はどこだったか。パリか。東京か。ボローニャか。それともペテルブルク……いや、そんなに昔のことではなかったはずだ。いずれにせよ、「読書法」がまだ影も形もなく、誰もが呑気《のんき》に——今思えば、あれも呑気としか言いようがない——本の架蔵の仕方や電子書籍がいいとか悪いとかをうだうだと論じていた頃だ。これは全てが実際の記憶じゃない……。久子にもそれは重々分かっていた。実際には、言わずに飲み込んだ言葉も多い。いずれにせよ、「国際会議」などとは言うものの、メディアの取材もほとんど入らないような小さなイベントで発せられた小さな言葉など、その場にいた数十人にしか届かない。残るとすれば、それはただその場にいた有名作家の名前だけだ。若い編集者の明察や、会場からの目の覚めるような質問も、やはり残りはしない。

何故絢香は死んでしまい、私は生きているのか。絢香はいわゆる「メンヘラ」で、私は小物のメンヘラに過ぎないからか。愛する夫がいるからか。少数とはいえ読者がいるからか。絢香のほうが感受性が豊かだったからか。いや、健康でない中年の残り時間など、たかが知れてるからというだけだろうか……

薬の力を借りても細切れにしかやって来なかった眠りも、黎明《れいめい》さえないうちに尽きてしまった。何かの光が久子の眠りの最後の一滴を蒸発させる。久子は、西に向いた窓にカーテンをかけるのを忘れたことに気づいた。眼鏡をかけると、その光は雲間からのぞいた月だった。

満月だ。もしかしたら少し欠けているかもしれないが。久子はあることに気づいて端末の充電コードをたぐり寄せ、検索をかけた。

そうだ。まさにその通りだ。あと一時間かそこらで、満潮は干潮に転じる。

大潮が引いてゆくのだ。

決断は一瞬だった。

不審なところがないよう、いつも通りの荷物を持ち、東へ向かって歩き始める。出がけに一瞬迷ったが、一眼レフも首にかけた。最後の最後で怪しまれて声をかけられたのでは元も子もない。
四、五キロ歩くこと自体は特に苦痛ではなかったが、久子の体力では毎日出かけるのはさすがにしんどかった（情けないことだというのは分かっている）。しかし、今日を逃したらチャンスはもう来ないかもしれない。遠くの海で生まれた台風のせいか、東から風が吹いてくる。意外にも涼しく、昼間との寒暖差も大きい。条件は整い過ぎているほど整っているのだ。
夜は僅かずつ薄明を含んでゆく。いったん明るみ始めた空は、加速度的に光量を増していった。今日も曇りだ。もう三十分以上歩いた。敏感な人ならもうそろそろ潮の匂いを感じているかもしれないが、何故か久子は海の匂いに対してはやや鈍感だった。朝の匂いは感じる。

この先の浜に、川とも言えないような溝があり、満潮時には海とつながって、流れとさえ言えないほどのしょぼくれた流れを作る場所があった。メジャーな海水浴場はもう少し南の浜で、こちらの北の浜は岩場やテトラポッドがあって車を停める所もろくにないので、サーファーさえあまり来ないところだった。溝の延長線上は遠浅の砂浜より少し深い。そこは一定の条件が揃うと、リップ・カレントと呼ばれる沖へと向かう強く危険な流れが生じるという。以前、実家の屋根を塗りに来た塗装屋の若旦那がボディボーダーで、そんな話を聞いたことがある。久子自身も高校時代は地学部の部員だった。宇宙ばかり見ていたわけではない。

人間は何故、物語を作りたがるのだろうか。伝えたいことがあるというのなら意見を言えばいいだけだし、表現したいことがあるというのなら、ただそうすればいい、他人に評価など求める必要はない。なのに何故、自分を破壊し、世界を埋め尽くしてまで物語を作るのか。

それは人間の意識では解決できない種類の謎なのかもしれない。意識というものを持ち始めた人類が星を見上げながらそこに物語を産み出したように、人類というものに備わったやる方のない本質なのかもしれない。無意識の彼方からの自覚できない呼び声に突き動かされて書かれ、読み手の意識を通してその無意識へと還ってゆく。人のものであって人のものではない力の遠い呼び声だ。

海岸に着く頃には、もう周りの様子がはっきりと分かるくらいの明るさになっていた。曇りなので朝陽がどこから昇るのかは分からない。だいたいあのへんだろう。久子は岩とテトラポッドの間に荷物を置き、靴と靴下を脱いだ。少し考えて、一眼レフはストラップを短めに調整してそのまま持って行った。雨でも晴れでもない天気は魅力的ではなかったが、写真はそこそこ撮るに値する眺めだ。下手だが、何枚か実際に写真を撮ってみる。水は冷たい。例の溝の続きは足裏の感触ですぐに分かった。

水が膝のあたりまでくると、引き波に足元をすくわれそうになった。あと一歩でも前に進んだら、海水を吸ってごわごわになったジーンズに囚われて体勢を立て直せなくなるだろう。その時、意外にも、曙光が目に入った。雲を通してだが、それは久子をまぶしいと思わせるには充分な明るさだった。ぐずぐずしていると潮はどんどん引いてしまう。久子は思い切ってあと一歩沖へ出た。腰より上まで水に浸かった状態で引き潮のリップ・カレントに捕まったら、素人にはもうなす術がないと塗装屋の若旦那が言っていた。まさにその通りの力が、久子の膝裏を外海に向かって押した。

ネット上には無数の都市伝説が漂っている。いや、それはもう都市ではなく、ネット伝説というべきだろう。匿名の無責任な書き込みが継ぎ足し継ぎ足しされてできる噂の類で、コピーされ転載され、継ぎ足されては省略されるうちに、ひとりでに出来てゆく、誰も意図しない物語だ。

海のどこか、遠い沖合に、本でできた島があるという。それは捨てられた本や、既刊書狩りを逃れるためにやむなく海に投げ入れられた本が集まってできた島で、そこに行けばあなたが欲しいと思う本が必ず手に入るのだという。どうやら南米あたりが伝説の発祥地らしいのだが、もはや起源など誰も気にしていない。

そこにはきっとハンノキが生えていて、大きすぎもしなければ小さすぎもしない本屋があるのだ。親戚の家に行く単線鉄道の終着駅や、中学校の傍の横丁にも小さな本屋がある。同級生のお母さんがやっている薬屋の奥には私設の小さな図書室があって、学校の図書室とは違った風変わりなラインナップで、星新一や筒井康隆の文庫本を貸してくれるのだ。学校のオトナ御用達の本たちも、それはそれで意外と面白いけどね。

ひときわ強い引き波に足元をすくわれかけた瞬間、久子はシャツをまくり上げ、偽物のインシュリンポンプに手をかけた。薄い強化プラスチックのカバーを開けると、中から一冊の本を取り出した。

私の本。遺作くらいのつもりで書いた、私の本。出版された時には全国紙の書評にも載ったし、インタビューもされ、あるジャンルの年間ランキングにも登場したが、しょせん大海の一滴、この本のことを覚えていてくれる読者がいったい何人いるだろう。もう出版社にデータも残っていないし、自分の手元の本もデータも特別部隊によって消し去られた。今日までこうやって医療機器に偽装して何とか持ちこたえたが、今後ああいう職務質問が増えるとなると、時間の問題だ。四郎たちのハードディスクは？　いや、彼らはもっと価値のある稀覯本から順に断裁していった。私の本がそこに含まれているかどうかを期待するのは無駄というものだ。が、彼らに罪はない。

木工所の青年の前では取り出すことさえ叶わなかった、私の本。いや、もし「読書法」などというものがなかったとしても、そう遠くない未来、紙屑となって消えてしまう運命かもしれない。

体温が失われてゆく。もうさすがに限界だ。

ぱらぱらとめくって、そっと撫でると、久子は本を海に流した。

目がしみる。私の本……。最初はその場に留まるかと思われたが、本はわずかずつ久子の膝元を離れていった。やがて、川に落ちた帽子か何かのように沖に向かって動き始める。これがリップ・カレントというやつだ。本はあっという間に流され、日が昇り切るころには視界から完全に消えてしまった。

ハンノキのある島で、そこには少し気取った鼻眼鏡の探偵がいて、きっと久子の本を拾って読んでくれるに違いない。

砂浜に戻った久子は、一眼レフを荷物の横に下ろすと、思いのほか冷えた身体を砂地に横たえた。どれくらい時間が経っただろう。いつの間にか太陽はそれなりの高さに昇り、残暑が久子を温めていた。薄曇りだが、太陽がどこにあるのかは分かった。

やがて久子は立ち上がった。決然と立ち上がったわけではなく、ほかにどうしようもなかったので仕方なくという立ち上がり方ではあったが。べたべたになったジーンズから砂を払い落とすと、みっともなく靴下と格闘し、底の削れたおばさんウォーキングシューズをはいた。

実家に置いてあるバッグには、大きなダブルクリップで留めた書きかけの物語のプリントアウトがある。久子はその原稿に向かって歩き始めた。

まだ書きたいことがなくなったわけではないのだ。

バベルより遠く離れて

秋の日は突然短くなるような気がする。昔からこんなだっただろうか。泰《あきら》が子供の頃、そんなのを意識したことがなかった気がする。いつも野山を駆け回って、と言うより、野山を駆け回る子たちの後に何となくくっついて過ごしていたから、日の長さの変化は自然と体得していたかもしれない。それがいつの間にかこうなってしまった。数年後に三十を過ぎた時、自分はどうなるのだろう。そして五年後、十年後は？

泰は商店の雨戸を閉めながら、少しばかりの夕焼けを残して去ってゆく宵の薄明を見上げた。しだいに暮れゆく宵の薄明。そう、これをたった一語で表現し、かつ翌日の希望を含意するという単語が南チナ語には存在する。日本語に訳するとなると、少し長い一文になってしまうが、本来はほんの一瞬胸のうちを去来する思いを表す言葉なのだ。

雨戸閉めは、完全に終わらないうちは客を拒まないという暗黙の了解があった。今日も駆け込みの客が二人、いや、三人目が店に向かって小走りにやって来るのが見える。薄暗い街灯の中で、三人目の影は女性に見える。

　コンビニエンスストアという言葉は、戦争や感染症以前の時代、祖父母の若い頃に生まれた言葉らしい。写真や映像で見る限り、それらはこぎれいな鉄筋コンクリート造りの箱のようなものだったらしいが、今そう呼ばれているのは、木造のこういう商店だ。親の若い頃には、コンビニは二十四時間営業だったという。それを維持するには、かなりのコストと組織的なシステムが必要だっただろう。泰は、もし今そんなものが存在したとして、果たして自分はその中でやっていけただろうかと考える。今のこの店、自分を甘やかしてくれる親が経営していることの店でさえ、務まっているかどうか定かでない自分が。

　三人目の客が最後の買い物を終えて外に出ていったすぐ後、泰は木の雨戸の最後の一枚をはめ終えた。店の裏の玄関に戻ろうとした時、街灯の中にもう一人、人影があることに気づいた。

「すみません。今日はもう閉めちゃったんで」

　よほどのこと――薬とか――でない限り、例外を認めるつもりはなかった。もっとも、泰は「よほどのこと」の基準が甘いと自分でも自覚がある。優しいからではない。気まずいのが嫌なだけだ。

「ああ、こちらこそすみません。急ぎではないので、また明日来ます」

　急ぎでない買い物をこんな時間にしようとするだろうか。泰は鍵をポケットに入れるでもなく出すでもない姿勢で、客を見た。

間に合わなかった四人目は、初夏ごろから近所のどこかに住み着いている外国人だった。何《なに》人《じん》かは知らない。姿勢がよく、頭のてっぺんが禿げ上がっていて、その頭の下半分に残った毛は白髪と金髪の半々に見える、鷲鼻の男。年齢はもう七十くらいか、それ以上にはなっているかもしれない。長身でひょろりとした泰よりもなお背が高い。泰のと似た銀縁の眼鏡をかけている。もっとも、泰のは近視用だが、あちらのは遠視用だ。なおいっそう目が大きく見える。

「それでは、おやすみなさい」

男はほとんど訛《なま》りのない日本語でそう言うと、ゆっくりと踵《きびす》を返して、ぼやけた灯りがかろうじて照らす道を引き返して行った。

泰もポケットに鍵を放り込むと、鈴虫の鳴く路地を店の裏手に向かった。

南チナ語は難しい。それは最初から分かっていることだった。むしろ、難しいところが語学オタクの泰を惹きつけた。文字は平易だが、発音がややこしく、格変化に富んだ、名詞の細分化した、名詞と形容詞と助詞の組み合わせで驚くほど意味が変わる、南チナ語。それはゆっくりと時間を取って語り合うことを何よりも楽しみとしている彼らの文化が育んだ煩雑さだった。お喋《しゃべ》りというものにあまり活路を見いだせない泰としては、彼らが集まって日がな一日話し合っている映像を見ると、どうしてもいらいらしてしまう。もし自分が飛行機に乗れるくらいの金持ちになったとしても、泰は自分が南チナに行くところは想像できなかった。

しかし、その想像力に富んだ言語は幻想性の高いハイレベルな文学を生み出してきた。ヨーロッパでは二十世紀末からその評価が少しずつ高まってきているが、日本ではまだ、英語から重訳された小品が数編と、泰が訳した中編が二編あるだけだ。

話者も多くはなく、学習者に至っては恐ろしく少ないが、語学というものの魅力を知っている者は、みなこの南チナ語に惹きつけられる。困るのは、人に南チナを説明するのがなかなか面倒だということだ。セルビアやナウルを知っているような人でも、南チナを知らないことは多い。「南シナ」と混同してアジアの南国だと思われることも多い。南チナが寒冷の地であることを考えると――そもそも「南」という字がついていることもまた間違ったイメージ作りに貢献してしまっているのだが――南シナとの混同は最も避けたいところだ。だが、たいていの人は泰が南チナの地理について説明を全うし終える前に関心を失ってしまう。地理さえ説明しきれないのだから、文化そのものにまで話が及ぶことはまずない。

その南チナ文学の日本で唯一の翻訳者が泰だった。南チナ語の読み書きができる者や研究者は日本にも何人かいるが、文学を翻訳しようなどという人間は泰しかいない。泰の目下の仕事は、欧米ではこれ一作でノーベル文学賞を取っても不思議ではないとまで言われる、南チナ語文学の最高峰の反戦文学の一つである長編の日本語訳だった。

泰は大きなダブルクリップに挟まれたコピー用紙から、第六章の十数枚を取り外した。

編集者と約束した期限はもう過ぎている。だが、翻訳は遅々として進まなかった。時間がないわけではない。しかし、南チナ語特有の問題が幾つも重なり、とにかく前に進まない。タイトルは直訳すれば『古い大きな木の足元で微風に吹かれて眠る人々の手に握られた葉』になるが、彼らが握っている葉というのはその古い大木のものだという一種の循環こそが物語の核心につながって来るので、この含意を損なわないで短い日本語タイトルをつけなければというところもまだ解決していない。

しかも、この作者の名前がチャツネ・キムチ・メシウマだ。彼女の名前、チャツネもキムチも、それぞれ英語や韓国語のchutneyや김치でさえなく、日本語でぺったりと「チャツネ」、「キムチ」と発音した時と全く一緒なので、できるだけ原音に忠実に表記して日本語のチャツネ感やキムチ感を薄めるなどということができない。その上「メシウマ」だ。これも完全に日本語の「飯うま」と発音が一緒なので、メシウマ感を薄める手立てがない。

泰は、恩師が残した日本唯一の南チナ語辞書と、各国語の南チナ語辞書を、まだ電源を入れるには至っていないこたつの上に積み上げた。ため息を一つつく。

『古い大きな木の……』は何度読み返しても素晴らしい作品だった。しかし、その翻訳はほぼ地獄だ。

翌日、例の外国人客は朝早くにやって来た。彼は時々買っている鎮痛剤をひと箱と牛乳、サンドイッチを買い物かごに入れた。薬だったら昨夜言ってくれれば売ったのだが。彼は泰の父が当番をしているレジで会計を済ませると、老人にしては素早い動作で次の客に場所を譲った。いつもながらに姿勢がいい。やはり七十歳にはなっていないのかもしれない。泰は朝の品出しを終えると、菓子パン用のコンテナを重ねながら横目でそれを見ていた。

そのまま店を出るのだろう、と思った次の瞬間、外国人はバックヤードに戻ろうとした泰を呼び止めた。

「失礼します。水島《みずしま》泰《あきら》さんですよね？　南チナ語の翻訳者の」

泰はすぐには返事ができなかった。自分を翻訳者として知っているという見知らぬ人物に会ったことがなかったからだ。久しぶりに感じた驚きの感情だ。

「『現代文学評論』のエッセイを読みました。メシウマの代表作を翻訳しておられるのですね」

外国人はトゥーッカ・ヴィルタネンと名乗った。フィンランド人か。南チナ語同様、語学オタクが惹かれる言語であるフィンランド語の話者だ。フィンランド人なら、南チナについての知見もあるはずだ。少なくとも日本人よりは。泰は自分の中に、ある種の打算が生まれたことを感じた。が、他人に――いや、家族や友人にも――愛想をよくするということのできない泰は、いつも通り、笑顔もなく淡々と答えた。

「ありがとうございます。そうです。翻訳はしています……してますが、なかなか進みませんね」

「でしょうね。どの国でもそうですよ」

泰は何故か、この「でしょうね」が気に障った。

「ヨーロッパの各国語訳は、読めるものは目を通してはみたのですが、正直、バラバラですね。どの言語でも、勝手に意訳しているとしか言えない。フィンランド語版は、完全に読めるわけではないので偉そうなことは言えませんが、英語からの重訳ですよね？」

トゥーッカは一瞬ひるんだようにも見えたが、灰色の目は動かさず、口元でちらりと微笑《ほほえ》んだ。

「あなたは素晴らしい翻訳者に違いない。ああ、これは嫌味などではなく、そのまま言葉通りに受け取っていただけるとありがたいです」

トゥーッカはそれだけ言うと、くしゃくしゃになって汚れた空色の買い物袋を握りしめて、店を出ていった。


数日後のその日、天気はよかった。泰は昼のシフトまでの間と思い、川に向かった。

特に川に用事があるわけではない。ただ、川原がこのあたりでは最も見晴らしがいいというだけの話だ。右手の川上には鉄道橋があり、左手の川下には何人かの釣り人がいる。川には広大な河川敷があり、鉄道橋の長さは八百メートルほどはあるらしい。何となく信じがたかったが、河川敷のもっと広い部分にはゴルフ場や野球グラウンドもあるのだから、本当なのだろう。河川敷は当然だが増水時には浸水するように作られているので、駐車場には堂々と「この駐車場は水没します」と書かれている。

泰は家から持参した煙草《たばこ》を吸った。釣り人たちとは何十メートルも離れているし、ブリキ製の携帯用灰皿も持っている。特に誰からも文句を言われる筋合いはないと思うのだが、何となく後ろめたい気持ちはあった。泰は翻訳中の小説の、軍医カネメノモノと、その上官レイコクとの会話のシーンのことを考えた。カネメノモノは特に裕福でもないが貧しくもない出身の、平凡で無欲な青年だ。レイコクも厳しくはあるが冷酷というほどではない男だ。短いシーンであるだけに、彼らの名前のインパクトが、どうしてもその場面の印象を左右してしまう。

二本目の煙草に火をつけた時、泰は釣り人たちの後ろにトゥーッカが立っているのを見つけた。彼は川面の方ではなく、こちらを見ている。俺を見ているのだろうか？　何か俺に用があるのか？　泰は煙を吐いてから、漠然とそちらのほうに会釈をした。トゥーッカは近づいては来なかった。が、泰がブリキ缶に吸殻を押しつけるのとほぼ同時に、彼はこちらに向かって歩き始めた。半袖の薄青いシャツと、不自然なほど上まで引き上げてはいているグレイのスラックス。どちらもよれよれだが、清潔にはしている。

彼はまだ煙草臭い泰の風下に平然と立った。煙が嫌なのではなく、泰の煙草の邪魔をしないようにしていたのかもしれないとその時気づいた。煙草を吸っている人間に話しかけると、喋っている間にちびてゆく煙草がもったいない。

二人は漫然と挨拶を交わした。トゥーッカは釣り人たちのほうを見ながら、あれは何が釣れるのかとか（知らない）、この河川敷にはキャンプ場があるのかとか（知らない）、漫然とした話を振って来た。何か他に言いたいことがあるのは明らかな態度だった。泰は、くすんだ赤地にわざとらしいほど和風な宝尽くし文様をちりばめたアロハシャツの胸ポケットに吸殻入れを放りこむと、唐突に言った。

「翻訳はあと三割くらいで終わりと言えば終わりですが、訳すれば訳するほど、微妙なニュアンスの違いが蓄積して原文から離れていくような気がしてならないですね」

トゥーッカは数秒沈黙した。

「そうですか。誠実な翻訳者ならではの悩みと言えるでしょうね。しかし、あなたは何故南チナ語を？」

「難しい言語ほど面白いですよ。学生時代、英語とフランス語で読んだメシウマの『古い大きな木』が、言っていることは基本同じでも、英語版とフランス語版であまりにも印象が違うので興味を持ったんです」

「そうでしたか。日本で南チナ語をやっている人は少ないですよね」

「文学翻訳は俺しかやっていません」

「市場独占ですね」

それは好意的な冗談なのか、嫌味なのか。

「そんないいものではないですよ。俺は自分が翻訳文学界で何の力もないことくらいちゃんと分かっていますす。有名な作家が翻訳したものは、小説そのものの力だけではなく、その翻訳した人間のネームバリューでそれなりに売れます。でも俺はそうじゃない。作品そのものの力に頼らないと存在意義さえありません。まあ、言わば、メシウマのネームバリューに乗っからないとどうにもならないってとこですかね」

メシウマの小説は、各国でかなり恣意《しい》的に意訳されているのにもかかわらずどこでも評価が高い。泰は、そういうところに妬みにも似た感情を抱いている自覚もあった。

「あなたは何故日本語を？」

「私はね、日本語の言霊《ことだま》で呪いを書きこまれてしまったので、それを解くために日本語を勉強したのです」

泰は一瞬話を見失い、まじまじとトゥーッカの灰色の目を見つめてしまった。

これも冗談なのか？

「奇妙に聞こえるでしょうね。私だって奇妙だと思っています。いずれにせよ、誰に信じていただいたところで、それで呪いが解けるわけではない。何の役にも立たないので、信じてくださいとは言いません。八年前にやっと日本に来ることができて、今は日本で呪いを解く方法を探しています」

ますます返答に困る。八年前と言ったら、まだ世界が混乱しきっていて、ヨーロッパから人が来ること自体が大変だった時期だ。いや、今でも国をまたいだ移動は容易ではない。彼の収入は？　仕事は？　在留資格は？　謎だらけだ。

「そ、そうですか」泰はかろうじて答えた。「うまく行くといいですね」

まだ何か言いたそうだ。トゥーッカは二、三度まばたきをし、小さな声でありがとうございますと言ったが、それ以上に言いたいことがありそうに見える。

「それでは、また。お店の方にも寄らせていただきます」

それだけ言うと、トゥーッカは河川敷を川下の方へと去っていった。

風が吹いて、少しばかり肌寒さを感じ、泰はデニムジャケットを羽織った。

台風が来るらしい。まだ機能しているいくつかの衛星から途切れ途切れにやって来る情報をつなぎ合わせると、どうやら結構な確率でこのあたりに来るということだった。泰は親と相談して、売り物のガムテープをひと巻き下ろし、家の雨戸のないガラスに貼って回った。用心するに越したことはない。後になって不必要だったということになっても、それはそれで構わない。台風に直撃されて、ああ貼っておけばよかったと後悔するより、事前にひと手間かける方がましだ。ただ、最初の予測より速度が遅いと、長い間テープを貼りっぱなしにしないといけないので、後ではがす時にガラスに痕が残るのが心配だった。店には雨戸があるから大丈夫だ。いや、台風が雨戸もへったくれもないほどの威力でなければの話だが。

風と言えば、南チナ語には風を表す四十六の言葉が知られているが、それを日本語に訳そうとすると「微風」「泰風」「大風」といったようにどうしても「風」がついてしまう。そして南チナ語には「風」全般を表す言葉が無い。各国語訳では、何となく雰囲気で流したり、風とだけ訳してその他の付帯状況を意訳して表しているものなどがあるが、そもそも「風」にだけそれだけ多様な言葉があること自体が南チナの文化的基盤と固く結びついていることなので、そんなやり方では翻訳をする意義自体が薄れてしまう。

かといって、世界文学を真に理解するのなら全て原文で読めと万人に言い放つのはいくらなんでも無理だ。そもそも、どれほど優れた文学研究者であっても、ホメロスも莫言《ばくげん》もカルタレスクもヘルタ・ミュラーもプーシキンも何もかも原文で読むなどという芸当はできない。『源氏物語』も、原文で読むのは日本人の中の一部の教養人だけで、大半の日本人は現代語訳で読んでいる。ましてや外国読者はみな翻訳で読んでいる。だからといって、我々や彼らが『源氏物語』を理解していないかというと、そんなことはないだろう。もっと言うのなら、原文で読んでいてもちゃんと理解していない者だっているだろう。そもそも理解って何だ？

一つの言語から別な言語へ、意味が通じるように訳すること自体が創造的な行いであり、元の言語に対しても自分の言語に対しても敬意を払うことだと、泰は信じている。そしてまた、時代が変わって現代の言葉が変われば、それに合った、しかし原文の意味を損なっていない新しい現代語版や翻訳を作り出すのは当然だと思っている。訳文が古ければ、作品そのものが古臭く見える。どうせ古典は古臭いのが当たり前かというと、そうではないのだ。真に古典たる古典は、時代性だけではなく普遍性がある。その時代を超えた普遍性を表出させるためには、時代ごとに新しい翻訳を作らなければならない。二十一世紀に新訳されたドストエフスキーに「やばい」が使われていたのを見つけた時、泰は感銘を受けた。その一語が当時の若者と現代の読者を共鳴させる。

泰は、玄関の引き戸にはどうテープを貼るか迷って、考えを中断した。引き戸は、家の中側にガラスがあり、外側に木の桟《さん》がある造りになっている。内側のガラスにテープを貼るしかないが、そっち側はすりガラスだ。すりガラスにガムテープを貼って無事で済まされるわけがない。桟があるからテープは貼らなくていいだろうか。どうだろうか。泰が引き戸を半ば開けたままにして、三和土《たたき》の上でガムテープを弄んでいると、表にトゥーッカの姿が見えた。顔よりも先に、あの変なハイウエストのスラックスが目に入る。

「何かあったのですか？」

トゥーッカが訊ねた。泰は一瞬何のことか分からなかったが、彼が泰の手元を見たので、このテープ貼りのことを言っているのだと気づいた。

「いや、何かあったんじゃなくて、これからあるかもしれないんです。台風が来ますよ。確実かどうかは分かりませんが」

「ああ、そう言えば、そういうニュースを見ました」

トゥーッカはスラックスの右のポケットから折りたたみ式の携帯端末を取り出して見せると、またそれをしまった。ネットニュースで見た、という意味だろう。

「ガラスが割れたらまずいと思って。ああ、もし必要だったら、これ、差し上げますよ。意外と残ってます」

泰は左手に持っていたガムテープを、差し出すとも差し出さないともつかない程度に持ち上げた。トゥーッカは関心を示さない。

「ところで、トゥーッカさんは、どこに住んでいるんですか？　丈夫な建物ですか？」

「丈夫といえば丈夫でしょうね。河川敷に、昔、ボートか何かの管理棟にしていたという建物がありまして、そこに住まわせてもらっています」

泰は顔をしかめかけて、かろうじて思いとどまった。昨日彼と会った河川敷の、少し下流のほうに、確かに、何とかボートという看板がかけっぱなしになっている鉄筋平屋建ての建物があった。早い話、廃屋だ。人が住むには広すぎるだろうし、快適とは思えない。それに、あそこだって、窓ガラスが割れたらまずいだろう。

「そうですか……」

話が続かない。用がないのなら帰ってくれて結構だ。気まずい。

「実は」数秒経って、トゥーッカは申し訳なさそうな声を出した。「あなたに見ていただきたいものがあって」

彼は左手に持っていた、いつもの水色の買い物袋を持ち上げて見せた。中には何か、四角張って細長いものが入っている。泰はそれは、表の店で買った食品ラップの箱か何かだと思っていたが、よく見ればそのシルエットはラップにしては太い。

泰はトゥーッカを家に招き入れた。

「日本語の古語を読んでほしいのです。私には歯が立ちません」

渋い緑茶を一口飲むと、トゥーッカは誰かに聞かれることを恐れるように、小声で言った。

今は親は二人とも店に出ている。姉は今日は来ない。

古語。まずい。正直に言うと、教養がない。泰は追い詰められた気持ちになった。さっき『源氏物語』のことを考えてしまったばかりに、変な呪いにでもかかったような気分だ。もっとも、古い筆文字は、たいていの日本人は読めない。家に眠るお宝を鑑定する番組でも、掛け軸の文字をきちんと読めていた持ち主などほぼ皆無だ。

泰は、そういうものは専門家に見てもらったほうがいいと言い、言葉を濁すように茶を口に含んだ。大学時代の恩師を介して日本の古典の研究者を紹介できないだろうかと考えたが、そうだった、恩師は四年前亡くなったのだった。いまだに頼ろうとする気持ちがあるのが情けない。しかし大学には史学科に残っている同期もいることだし、彼女を介すれば、誰かしらカルチャースクールで古文書読みの講師かなんかをやっている人は見つけられるのではないかと思うのだ。

「いいえ、探そうと思えば古語の専門家を探すことはできると思います。しかし、これは見せる相手を選ぶものです。うかつに他人には見せられない」

だったら、ここ数日に知り合ったばかりのコンビニ店員に見せるのはなおさら違うだろう。

「実は、私にかけられた呪いというのは、不老不死の呪いなのです」

フローフシ？　……ああ、「不老不死」か。

何だって？

トゥーッカは灰色の目に力をこめて泰を見つめた。

「ええと……」

「ええ、おそらく、あなたは私が嘘を言っていると思うでしょうね」

「そういうわけでは……」

二人はしばらくの間、黙って茶饅頭を食べた。消費期限が今日なので、さっさと食べてしまったほうがいい。

「呪いをかけられたのは二十年ほど前です。最初は気づきませんでした。しかし、それまで日々進行を感じていた老化が止まったことに二年ほどで気がつきました。最初はこれはいいと思ったのですが、よくないということを理解するのにさほど時間はかかりませんでした。肉体的にも精神的にも二十歳くらいで不老不死になるのならまだしも、七十歳で不老不死になるのはとてもひどいことです。身体もきかなければ、膝も痛い。私は呪いを解くために日本語を勉強し始めましたが、この年で新しい語学を勉強するのは至難の業《わざ》でした。私は自殺も試みました。最初はあと少しで逃げ切れそうだったのです。私を救命した病院では、奇跡の生還と言われました。外科の医師からは、現代医学の恩恵がなかったら死んでいたとさんざん言われました。しかし二回目、三回目の試みは、病院の手を煩《わずら》わせることもなく失敗した。だんだん、生命力が強くなっているのを感じました」

「それは……」

すごいですねとしか言いようがない。

「しかし、何と言うか……結局、食べなければ最終的には死ぬのでは？」

「私もそう思いました。餓死も試みました。あれは苦しいものです。本当に苦しい。内臓から苦しみがしみ出してくるようでした。だんだん動けなくなっていき……しかし、気がついたのです。それでも死ねなかったらどうなるのか。最大限の飢えの苦しみを味わいながら動けなくなり、そのまま不老不死だったら……」

「それはものすごく嫌ですね」

「それ以来、私は川や海に飛びこむことも断念しました」

それはそうだろう。海に飛びこんで、肺の中の空気をすべて出し切ったら、沈むだろう。まだ光も見えて浜の方向も分かるところだったら、海底を歩いて行けば浜に戻るだろうが、深海だったら？　わずかな光も届かない水深数千メートルの海底で、どっちに向かえば陸なのかも分からないまま歩き続けることになるのだろうか。いやそれ以前に、水圧はどうなる？　確か、深海では何百トンという水圧がかかるのではなかったか。肉体はぐちゃぐちゃになるのだろうか。それでも不死なのだろうか。それは苦しいとか苦しくないとかいうレベルではないだろう。気が狂ったりしないだろうか。狂ってもまだ不死なのか。しかし、こうなってくると、ほとんどゾンビではないだろうか。いや、そもそも不死者とゾンビとの違いはどこにあるのだろう？　生と死がはっきりした境目のないスペクトラムなのだとしたら、不死者やゾンビやヴァンパイアの違いもスペクトラムなのではないだろうか？

「どうなさいました？」

泰ははっとした。まずい。トゥーッカの話を完全に信じる方向でものを考えてしまっている。

「いや、その……大変そうだなと思って」

「分かっていただけましたか。ありがとうございます」

分かったとは思っていないが、泰はあえて否定はしなかった。

「しかし、だったらなおさら、何故俺に……」

「あなた以外の人には話が通じないと思ったからです」

いや、俺だって「話が通じている」とは言えない。俺はただ、無抵抗でやり過ごそうとしているだけだ。

トゥーッカは、ある方組《ほうぐ》みを手に入れたのだという。方組み。それは知っていた。「処方箋」ということだ。彼は買い物袋から薄汚れた木の箱（桐かどうかは分からない）を取り出した。中には、さらに薄汚れた巻物が入っている。茶色寄りに変色した青緑の表紙に包まれた巻物だ。そう長いものでないらしく、巻きは細い。

泰はそれを受け取ろうとはしなかった。何となく汚らしく感じてしまったのだ。トゥーッカは畳の上に巻物を置いて不器用そうに紐を解くと（この紐はいずれかの時点で付け替えられたらしく、まだ少しは新しそうだ）、文字の書かれた部分（確か、「本紙」というのではなかったか）を十五センチほど開いて見せた。

草書というやつか。上手いのか下手なのかも分からない書体で、ひょろひょろとつながっているやつだ。泰はもう少し先まで見ればどこかに多少は読める（そして日本人としての面目を保てる）部分があるのではないかと思ったが、トゥーッカは巻物の両端をがっちりと押えていて、それ以上広げようとはしなかった。

「もう少し見せてくれませんか？　そんなに長いものではなさそうだし、全部広げてもこの狭い部屋に収まると思いますが」

「こうした方組みは、目に触れる者の数が増えると効果がそれを見た者にも移ってしまって効能が下がるので……」

トゥーッカは巻物を押える手を緩める気はないようだった。

泰はそれを信じたわけではないが、抵抗はしなかった。

読めない。泰は、自分の日本についての教養のなさを突きつけられているようで辛かった。いつごろの時代の文章なのか見当もつかない。真偽も価値も分からない。彼がこれをどこで手に入れて、どの程度信じていて、どのくらい「本物」なのかも分からない。やはり謎だらけだ。

「ぬるぬは　講じたり　圭はらじ　徴ら　まは湯に　らすつ……」

泰は口に出して読まなければよかったと後悔した。全然読めていない。

「すみません。こういうものは、読めない日本人のほうが多いです。お恥ずかしい話ですが。俺も、言語に関する能力はすべて翻訳に使ってしまっているので、古文や漢文などは、もう大学受験が終わった瞬間に忘れました」

そもそも、自分は日本についてどれだけの関心を持っているだろう？　勉強していないだけではなく、関心がない。

「いえ、これらの漢字は今まで読めませんでした。それを解読してくださったのですから、やはりあなたに見ていただいてよかった」

トゥーッカはそう言いながらも、巻物を再び巻いて、箱に入れてしまった。

おいおい、俺に読ませたいんじゃなかったのか。

泰は当惑したまま、トゥーッカの挙動を見ていた。どういうつもりなのかと問うこともできたが、これ以上面倒を背負いこみたくないという気持ちもあった。いやむしろ、後者のほうが強い。数学の授業の際、計算はできていたが、当てられないのならそれに越したことはないと思った時の、中学生の頃の自分の気持ちそのままだ。

結局トゥーッカは、茶菓への礼と、今日はゆっくりお話しできてよかったですというようなことを言って帰っていった。何だったのだろうか。まあ、方組みを他人に読ませたくないというのなら、気持ちは解らないでもない（信じてはいないが）。しかし、だったら何故俺に見せた？　解読できないと効かないのなら、全文見せろ（解読はできないが）。何故片付けた？

ああ、でも、そう言えば彼が呪いをかけられたのはまだ日本語を知らない頃だったと言っていたな。だったら、呪いも解毒法も、語学力には関係ないんじゃないだろうか。ならばあの方組みも、読めなくても目を通せば効くんじゃないのか？　違うのか？　だったら何故俺に見せたのか、ますます謎だ。

……いや違う。そうじゃないだろう。泰は小さく頭を振ると、一日三本までと決めている煙草の四本目に手を出した。そうじゃないだろう。何を考えているんだ、俺は。信じたのか？　あの話を？　不老不死の話を？　物的な証拠は何もない。あるのはただ、トゥーッカの言葉だけだ。本当に関係があるのかどうかさえ定かではない巻物は物証とは言えない。

そう、あるのはただトゥーッカが発した言葉だけだ。信じたつもりはなかったが、しかし、嘘だと思うことがどうしてもできなかった。言わば、彼の言葉に捕らえられてしまったのだ。トゥーッカが本当に不死者かどうか確認するなら、彼の首を絞めてみれば分かるだろう。しかし、もし彼が嘘をついていたのなら、彼は死に、俺は人殺しになる。もし本当なら、彼は俺が疑っていたことを知り、人殺しになる覚悟で真偽を確かめようとした無分別さを知り、いろいろな意味で愚かな人（婉曲的な表現）であることを知ってしまう。

翻訳はますます進まなくなった。だめだと思いつつ、考えはどうしてもトゥーッカの呪いのほうに行ってしまう。呪いか。しかし本当に呪いなんてあるのだろうか。呪いというもの自体をまったく信じていない人ももちろんいる。だが、「この洞窟に入ったら呪われる」と言われて、かけらたりとも嫌な気持ちにならずにその洞窟に足を踏み入れられる人がどれだけいるだろうか。逆に、一語たりとも分からない言語でそう言われて恐怖を感じる人もいないだろう。その場合、呪いの効果自体はどうなのだろう。その言語を理解するかどうかで、呪いを受ける「濃さ」は変わるのだろうか。トゥーッカは日本語を知らない頃に日本語で呪われたと言うが。

言語など、情報伝達の一手段に過ぎないのであって、そのような超自然的な力など持つものではない。

と、超然と言い放てるほど泰は唯物主義的ではない。何かが、言葉には「何か」がある。何かが。何か。何かこう……言葉では言い表せないような……

それは言葉の力を過大評価しているのか、過小評価しているのか、どっちだ？

泰は夜中、煎餅布団に横になりながら、呪いは嘘か真実かの可能性以外に、トゥーッカの妄想という可能性に思い当たった。ただ、今までの経験から言うと、トゥーッカはそういう類の人ではないという感触があった。まだ三十年もない人生経験でそんなにたくさん妄想系の人と関わってきたのかと言われると困るのだが、駅の近くでコンビニをやっていると、一定数、独自の世界観を持った人々（婉曲的な表現）に出会う。深く関わったことはないが、出会う。その経験からしか言えないが、トゥーッカはそっち方面の人の持つ、揺るぎない確信のようなものが感じられない。

何にしても、首は絞めないほうがよさそうだ。

翌朝、もう雨は降り始めていた。いかにも台風という降りかたではないものの、台風が来るという予備知識があるからか、それとも野性的な直感なのか、きっとこれからひどくなるという予感はあった。雨と一緒に、川の泥と似た匂いがする。

朝方に台風情報のためにＮＨＫをつけると、テレビの画面いっぱいに、突然トゥーッカの顔が映し出された。

一瞬、何が起こったのか分からなかった。ただ似ているだけの他人かとも思ったが、テロップには「日本文化研究家　トゥーッカ・ヴィルタネン博士」と出ている。博士……。出演は短かったらしく、いずれにせよ、泰が見ることができたのは最後の三十秒ほどだった。日本の気候を表す言葉について、ごくありふれたことを言っているだけだった。最後に、そこがフィンランド語と違うところだというようなことを言っていたので、発言の前半にはフィンランド語の話をしていたのだろう。泰は、どうせ聞くならそのフィンランド語についての部分を聞きたかったと思った。七十二候など、取引先の酒問屋からもらう辛気臭いカレンダーにいくらでも書いてある。

番組はスタジオに戻り、パネルに映し出された台風進路予想図を前に、気象予報士とアナウンサーが河川の増水に気をつけろとか、速度の変化がどうとかいう話を始めた。本来泰はその情報のためにテレビをつけたはずだったのだが、ちっとも頭に入って来なくなった。さっきのは何だったのだろう。幻のような気さえする。

トゥーッカがテレビに出ていること自体にも驚いたが、それよりも驚きだったのは、彼がきちんとしたツイードのジャケットを着て、態度もにこやかだったことだ。いや、普段があの格好でも、テレビに出る時はそれなりの服装をしていても不思議でないか。しかし、あの自然な笑顔が、いつも以上にこなれた日本語が、何ともテレビ慣れした様子に見えて、泰には薄気味悪く感じられたのだった。

しかし、コンビニが開店準備に入ると、そんなことを考えている余裕はなくなった。もう雨は降り始めていたものの、駆け込み買い出しに押しかけた客がたくさんいたのだ。それなりに来るだろうと予想はしていたが、それ以上だった。物流が途絶えたらという恐怖感は誰もが持っているだろう。だったら昨日のうちに買い物に来いよと思わないでもないが、こういうのはある種のイベントなのだ。ライフラインが崩壊しなければ、たいていの家にある食品で二、三日はしのげるものだが、そういうことではなくて、何かこう、台風には特殊な、そう、イベント感としか言いようのない、もっと言うのならわくわく感があるのだ。皆がそのわくわく感の中で買い物に来るのだ。

コンビニからしてみると、ほとんど売り尽くしセールだった。どうせ午後には店を閉めなければならない。昼前にはめぼしい食品は売り切れ、泰はやはり少しハイになっている父親が店を続けようとするのを無視して、さっさと雨戸をはめにかかった。

台風はこの街の北、つまり川の上流を通過しているらしい。風は、もうこれはあかんというほどひどくもなかったが、雨はやたらと降った。上流でも、雨は相当降っているだろう。さすがに外に出てわざわざ川の様子を見に行くのはまずいというのは分かる。窓が割れたりはしなさそうだった。それはいいのだが、午後、突然停電した。親たちは薄暗い中でちゃぶ台に電池式のラジオを置いて、特にすることもなく、ぽつりぽつりと喋りながら、台風情報を聞いている。

泰は舌打ちをすると、充電しておいたＬＥＤ懐中電灯をつけ、左手にシャープペンシルを握った。ＰＣは使えない。もっとも、電気が通っていたとしても、戦争前の時代の古いＰＣだ、停電する可能性が少しでもあるのなら立ち上げておかない方が無難だ。

家の中にまで川泥のような匂いがするような気がしてしまう。泰はシャープペンシルを煙草に持ち替えてしばらく弄んでいたが、やがておもむろに火をつけた。母親は泰が家の中で喫煙することを疎ましく思っているらしいのだが、泰はそれを顧みたことはなかった。少なくとも、自分の部屋で戸を閉めて吸っている。

翻訳は進まなかった。

編集者からはもう何度も催促が来ている。このままはぐらかし続けていると、南チナ文学ごと切られるかもしれない。いかに世界各国で高い評価を得ている名作とはいえ、さして利ざやの稼げる商売にはならない。おブンガクの座布団の上であぐらをかいて、その座布団ごと放り出された作家や翻訳者は一人や二人や三人や四人ではない。

泰は吸殻と、鮮やかなフューシャピンクとシルバーのグラデーションに彩られた少々派手なシャープペンシルとを持ち替えた。元は母親の持ち物だ。昨日訳したところ（例によってトゥーッカに翻弄されて数行しか訳していない）を読み直す。主人公が瓦礫《がれき》の中から銀のフォークを拾い出すシーンだ。単に空襲後の街の様子を描写するためのシーンだと思っていたが、ふと、疑問が泰の脳に忍びこんだ。これは敵国の一つだったティネ――今は滅亡して、領土は南チナに占領されている——の故事成語に由来する場面ではないのだろうか。たいていの戦争文学は、敗戦国や徴兵された一般市民などの、言わば虐《しいた》げられた者たちの側で書かれるものだ。が、この『古い大きな木の……』は、理不尽な侵略者側の立場で書かれたものであるにもかかわらず、トルストイやピンターやアレクシエーヴィチにも引き比べられる名作の戦争文学であるところが最大のすごいところなのだ。その敵国の故事を盛りこんでいるとしたら、そこには当然、意味があるはずだ。

しかし、マイナーな国のマイナーな故事を、いったいどうやったら読者に分からせられるだろう。訳注をつけるか。それをやり始めたら、この本は訳注だらけになる。ドイツ語版はそれをやっているが、そのおかげで、読者はメシウマの手になる物語を読んでいるのか、学者先生による訳注の集合体を読んでいるのか、どちらなのだか分からなくなる。ドイツ人たちはこれをどう思っているのだろう。このフォークのエピソードは、その訳注だらけのドイツ語版でも拾われていない。ということは、泰の深読みのし過ぎなのか、いや、ドイツ語版の手抜かりなのか。

考え始めると、疑問が堰を切ったように押し寄せてきた。あのシーン、あのエピソード、あの台詞、あれはあの訳でよかったのか。本当に意味は拾えているのか。あの表現は実は皮肉なのではないだろうか。あの言葉は二重の意味を持っているのではないのだろうか。あの場面の存在意義は深読みすべきなのか、著者の趣味を通しただけの、特に意味のない修飾なのか。あの章は、作者の無意識の表出で、本人さえ自覚していない暗黒面だったりしないのか。全部訳し直さないといけなかったりしないのか。各国の翻訳者も、実は著者の真意をとらえきれていなかったりしないのか。「名作」ということ自体が誤解だったりしないのか。メシウマはもう故人だし、生きていたとしても、無自覚な内面の表出など、もし本人に聞けても意味はないだろう。逆に、本人は否定するかもしれない。しかし、そういうことまで考えるのは翻訳者の越権だろうか。それは研究者や評論家がするべきことか。個々の読者がすべきことか。しかし、日本人で南チナ語を理解する人はとても少ない。訳者に説明されないと分からないこともたくさんある。

そもそも、言葉で表現されたものは意味の伝達に限界がある。同じ言語を使っていても、必ずしも完璧に意思の疎通が可能とは限らない。話が通じないというやつだ。二人の人間が互いに愛してると言い合っていても、その愛の定義は一人一人違うだろうし、自分が「愛」という言葉をどう定義しているかなど、普段誰も意識してさえいない。それと同時に、人間の脳は、人間が言葉を使い始めた頃から現代に至るまでほとんど変化してはおらず、その脳が考えつく言語などというものは、所詮大同小異だという。どんな奇抜な言語でも、結局は人間の脳で扱える範囲に納まる。大した違いはない。

泰はシャープペンシルを放り出して、トイレに向かった。

トイレの帰りに、湿っぽい靴下を通して湿っぽい床板を感じながら、泰は廊下に立ち止まってラジオに耳を傾けた。ラジオが告げる台風の位置は、やはり北寄りの進路を行っているようだった。そのまま東の海上に抜けるだろう、とも。母は泰が渡しておいたLEDランタンを使って、ちゃぶ台の上で茹でた早生栗《わせぐり》の皮を剝いていた。父は特に何をするでもなく、座椅子に寄りかかってラジオを聞いている。

バベルの塔を作っている時、これはまずいんじゃないかと何人かは思わなかっただろうか。思ったとしたら、作ったらどうなると考えただろう？

母が唐突に言った。

「こう台風なんかが来ちゃっちゃ、あの木なんか、倒れっちゃうねえ」

「あの木？　何の木よ？」

父が、関心はないが付き合ってやっているといった口調で答えた。

「あの、ほら、あれよあれ、神社んとこの」

「神社んとこの？」

「桜の木」

栗が一つ、剝きあがる。

「なんでよ？」

「なんでって、お父さんも見たでしょうよ、あの木、サルノコシカケが生えっちゃってて」

「なんでよ？　なんで倒れんのよ？」

「サルノコシカケはぁ、あれだから、あのモクザイフキュウキンっつって、あれよ、木がだめになっちゃうの」

「あぁあ……」

モクザイフキュウキン？

だらっとした会話に急に紛れこんだ難しめの言葉。父も多分、泰と同じところで引っかかったのだろう。だが父は、自分が分からない話を適当に流す時にいつもする相づちを打つと、それきり関心なさそうに黙ってしまった。

モクザイフキュウキン。モクザイは普通に「木材」か。フキュウキン？　キンは「菌」だろう。何しろキノコだ。フキュウは？　普及か。木材に普及する菌か。

泰はしめっぽい床板を踏んで自室に戻った。少し嫌な言葉を思いつく。不朽。泰は何となくこの言葉が嫌いだった。不朽の名作という陳腐な言い回しも嫌いだった。聖人が亡くなった時、身体が腐らず残るのを不朽体と言ったりするらしい。懐中電灯を右肩と顎《あご》に挟んで辞書を引く。木材腐朽菌……ああ、木材を腐らせて朽ちさせる菌か。それは確かに危ない。

いやちょっと待て。

何かが泰の中で形を取り始めた。

辞書と懐中電灯を置く。手は煙草をまさぐったが、紙ケースは空だった。下の店に取りに行けばあるが（当然だが、金はちゃんと払っている）、そうこうしている間に考えがどこかに行ってしまいそうだ。泰は何となく、灰皿の上のフィルターを指先でつぶした。

泰は傘を引っ摑むと、玄関から飛び出した。が、十メートルも行かないうちに傘では歯が立たないことに気づいていったん引き返した。風はたいしたことはない。だが、まだ一つの穴も開いていないはずの傘から、まるで素通しのように雨が降り注いでくるのだ。泰は洗面所のバスタオルで適当に頭と肩を拭いてから、店の裏の倉庫を漁った。まだ新しい雨合羽があるはずだ。菓子の空きダンボールからそのブルーシート色の雨合羽を引き出すと、再び外に向かう。今行かなくてもいいだろう。理性はそう言うが、何かもっと原始的なものが、今行けと言う。

増水が懸念される時、長靴ははいてゆかない方がいいらしい。長靴に水が入ると、かえって身動きが取れなくなるからだ。泰は一番靴底が滑りにくいスニーカーの紐をきっちりと締めた。スニーカーとしては一張羅なのだが、仕方ない。雨合羽も無駄だったかもしれない。雨はフードと首の隙間から容赦なく潜りこんできた。体が冷える。街が白くかすんで見える。雨がうるさい。水の沁みてきた服は何故かかゆい。しかし泰は、それでも構わず川に向かった。

増水している時に川に行くとか、一番やっちゃいけないやつだ。しかし、いかに増水しているとはいえ、さすがに堤防の上まで危険になるほどではないし、河川敷まで下りてゆくつもりもない。吹き飛ばされるほどの風もないのだから、大丈夫なはずだ。

大丈夫なはずだ。少なくとも俺は。

だが、河川敷に住みついている人は別だ。

その当の河川敷は、もうだいぶ水につかっていた。

ボート小屋が水につかっている。

一瞬、どきりとする。だが、こうなるまでには時間もあったはずだし、予見もできたはずだし、トゥーッカはそれを見過ごすほど愚かな人ではないはずだ。重い低音の水音を立てて流れる川はなかなか迫力がある。などと言っている場合ではない。

泰はどうするつもりだったのか、左手の下流を見、右手の上流を見、振り返った。すると、鉄道橋のすぐそばにあるビジネスホテルの足元に、何か探しているものを見たような気がした。

ホテルの一階は半分ほどは駐車場になっているのだが、そこにトゥーッカが立っていた。立って、泰と同じく、ただ川を見ていた。彼はいつもの、上に引き上げ過ぎたスラックスをはいて、カーキ色のアウトドア用らしきジャケットを着ている。泰に気がついたのだろう。ゆっくりと右手を上げ、それを振った。

泰はホテルに向かって走った。車道にはほとんど車は走っておらず、渡り放題だった。泰が一階駐車場の雨がしのげるところまで来ると、トゥーッカは、首にかけていたタオルを差し出した。そんなもの一枚くらいでどうにかなる状態ではない。泰は手を振ってそれを断った。思ったより息が切れていた。

「どうしたんですか、こんな雨の中で。もしかして、私を心配して来てくださったのですか？」

「忘れてください」

トゥーッカは当惑した顔つきで聞き返した。

「ええと、何をです？　忘れるって、何を……ですか？　何の話ですか？」

「これはあくまで仮説の一つに過ぎませんが、俺にはなんか、確信があります。呪いを解く方法です。日本語ですよ。日本語を忘れてください」


あの後、どういう会話をしてどう別れたのか、まるで遠い遠い昔のことでもあるかのように、泰にはほとんど記憶がなかった。覚えているのはただ、意味を理解したと思われるトゥーッカの灰色の瞳孔が少しずつ開き、愕然としたとしか言いようのない表情を見せたことだけだ。家に着く頃には雨は少しばかり弱まっており、玄関の引き戸を開けると、父親の足音がどすどすと廊下をやって来るのがよく聞こえた。何も言わず台風の中に出ていった息子を心配するというより、あきれ果てている様子だった。母親は床が濡れることを気にした。まあ、こういう親だから一緒に暮らしていられるのだが。

台風通過後の翌日と翌々日は、途切れがちな物流に翻弄されて過ぎ去った。泰が例のビジネスホテルを訪ねて行ったのは、三日目のことだ。ホテルにはもうトゥーッカはいなかった。台風の翌日にチェックアウトしたのだという。戦争前の小うるさい時代だったら、多分こういうことも個人情報がどうのと言って教えてもらえなかっただろう。

あれは単なる思いつきと言ってしまえばそれまでかもしれない。天啓であったかもしれない。いずれにせよ、日本語を勉強し始めた頃に医学の助けがなかったら死んでいたかもしれないのだったら、そして、年々呪いの力が強まっているというのなら、その可能性はあるのではないだろうか。得体の知れない巻物を捨て、日本を去り、フィンランドの北方の果てなんかの日本人など一人もいないようなところで暮らし、日本と関連のあるものとまったく接触を絶てば、不老不死よりは少しはマシ、つまり、医学の助けがなかったら死ねるくらいにはならないだろうか。

しかし、学習した言語を忘れることなんてできるのだろうか。言語は使っていなければその語学力は劣化するが、完全に忘れ去ることなどあるのだろうか。泰が学生の頃、ロシアから来た作家がシンポジウムで質疑を受けた際、かつて日本語を学んでいたというその作家は、日本語で答えこそしなかったが、質問には通訳が口を開く前に反応したことが何度もあった。認知症が進行して学習言語をほぼ忘れることはあるらしいが、本当にきれいさっぱり忘れきってしまうものでもないとも聞く。挨拶や単語に全く無反応にはならないというのだ。

トゥーッカも、本当に高齢になってから日本語を頑張って学んだというのなら忘れやすいかもしれないが、もし実は若いころから日本語を使っていたのだとしたら、本当に専門家なのだとしたら、日本語を忘れたと言えるほど忘れるのは難しいだろう。百年経ち、二百年経ったとしても、「こんにちは」と言われてきょとんとするほど忘れられる気はしない。例のロシアの作家のようにそこそこ忘れることはできても、覚えた言語をきれいさっぱり消し去ることは、言語を学習するより難しいのではないだろうか。

ビジネスホテルを後にした泰は、まだ水っぽくて人気《ひとけ》のない河川敷を眺めながら煙草を吸った。釣り人はいないし、携帯用の灰皿も持っている。

南チナ語には風を表す四十六の言葉が知られている。その一つ一つを日本語に移し替えるのは困難だが、それならいっそ、湿気た風、冷気を含んだ風、大きな風、と、風を連呼することで韻律を持たせたらどうだろう？　何となく特別感のある雰囲気は出せる。南チナ語に限らず、翻訳というものは難しい。完全な翻訳など、この世にはあり得ないのかもしれない。だからこそ、そこが翻訳者の腕の見せ所だ。作者と読者に誠意を尽くして、工夫を尽くすしかない。

川岸には、名前を知らない金色の魚がたくさん打ち上げられていた。泥を踏んで近づいてみると、その一つ一つの鱗に何か黒っぽい筋の模様が入っているのが見えた。それが読めない文字の知らない言語のように思えてしまうのは、今の自分が翻訳に苦しんでいるからなのかもしれない。

木曜日のルリユール

「まあそれはいいんですが、タイトルで迷ってるんですよね」

祐樹《ゆうき》は紅茶を一口すすると、できるだけフラットな口調を心がけながら言った。

「え？　迷うって、先生がですか？」

テーブルの向こうにいる担当編集者は、わざとらしいほど驚いて見せる。

「それはそうですよ。前回だって、すんなりとは決まらなかったですし」

「でもあれは、営業の横槍が入ったからですよね。今回は僕がそうはさせません。先生のお考えを通してみせます！」

「いえ、私としては、営業の方のご意見はありがたいと思っています」

そう、営業は「カネになりそうなタイトル」を知っている。祐樹自身も売れる売れないには敏感だが、営業はそれ以上だ。

「私としては……」

そう言いかけたところで、マイセンのティーカップの横に置いていたスマートフォンが振動する。表示された名前は「杉浦萌」。祐樹はスマートフォンを取り上げて「通話」を押すと、ぶっきらぼうに「打ち合わせ中」とだけ言って切った。編集者は「どうぞ」と言いかけたが、もう通話は切ってしまった。

「そう言えば、私の後にも次のご予定があるとうかがってますが……」

編集者の口調は、目つきで言ったら上目遣いといったところか。他社の動向は当然気になるだろう。

「ああ、それは顔つなぎ程度です。書店のサイン会の打ち合わせなんて、特にすることもありませんし」

書店さんからしたら、先生にお出ましいただく以上、それはもう三顧の礼でお迎えするでしょうと言う編集者に、祐樹は何も答えなかった。

三顧の礼の使いかたが間違っている。三顧の礼とは、部下や格下の者を迎えるのに礼を尽くすことだ。最近の若手編集者はどこもこうなのだろうか。もっとも、祐樹のような色もの文芸評論家を相手にする出版社に限り、というのはあり得る。

祐樹は伝票を編集者に任せると、予定より早く喫茶店を出た。

森祐樹〈もり・ゆうき〉。文芸評論家。『それ本当に感動本ですか?』でデビュー。『正直、その本は下らないです』等の「それ」シリーズや、『平成エセ文化人列伝』、『愛と懐疑のロマンス論』等著作多数。抜群の記憶力と知識量に裏打ちされた驚異の速読術を武器に、痛快な文芸評論で人気を博する。新刊『犯人と犯人未満』では、この十数年間のミステリランキング上位作品に鋭いメスを入れる。

祐樹は極力内心を顔に出さないよう努めながら、書店から渡された著者紹介文から顔を上げた。三十七歳という年齢が分かってしまう生年やデビュー年を書かないのは、若造と見られれば見下されるし、逆に、思ったよりおっさんだと思われても見下されるからだ。大学の非常勤講師の肩書など、なおさら書けはしない。パーマネント・ポストではないからだ。もっとも、ウェブ事典にはどちらも書かれているし、祐樹のファン——そしてアンチも——には、それを知らない者はいない。写真は六年前のものだ。今より少し髪が多く、今より少し痩せている。少し、ほんの少しだ。

書店員は、直すところがあればいつでもご連絡をと言うが、直すほどの問題はない。下手に修正を入れて、面倒くさい人だと思われたくもなかった。地方に留まった詩人の後輩は、その地方では珍しい文化人として講演や地方紙の文化欄で引っ張りだこだが、東京は言わば祐樹の上位互換の巣窟だ。祐樹は彼女よりも相対的に大物の文化人だが、東京ではたいした「大物」ではない。中規模書店のサイン会など、本当はありがたくて涙が出るほどだ。ここで少しでも面倒くさい人扱いにはなりたくない。

祐樹は打ち合わせをした書店を出ると、一駅先にある大型書店に向かった。こちらのパネルに貼りだされたトークイベントやサイン会告知に名を連ねているのは、祐樹が著書の中で斬って斬って斬りまくった作家たちや、祐樹を「サブカルチャーの人」としか見ていないお偉い評論家先生たちだ。

書店らしい無難なＢＧＭと人の気配の中で、祐樹は文芸の棚を一通り見て回った。祐樹のもとに新刊案内の冊子や新刊書そのものを送ってよこす出版社は意外にも多いので、新刊はわざわざ書店でチェックをする必要はない。が、祐樹はこうしてリアルな書棚を眺めるのが好きだった。もしかしたら、どこかにそれこそ祐樹を惚れこませてくれるような小説が眠っていないとも限らない。

とはいえ、昨今、どこの書店でも、確実に売れるかどうかこそが書棚の場所取りの基準だ。何年かに一冊しか売れないが至宝のような小説に居場所はない（もっとも、そんな至宝のような現代作品にはまだ出会ったこともないが）。祐樹は右手の人差し指を宙に舞わせながら背表紙を見ていった。案の定、どこでも見かける本ばかりだ。

祐樹は五十音順に並んだ著者ごとの棚を、後ろから見ていった。売れ筋の本、売れ筋の本、新刊、比較的新刊、定番、売れ筋の本、売れ筋の本、新刊。魂のないロボットのように、ただ背表紙だけを見てゆく。あとは「い」と「あ」で終わりというところまで来た時、祐樹の心臓はどきりと一度、大きく打った。

息が詰まる。

祐樹はその背表紙から反射的に目をそらした。目の前が少し揺れ、追いかけるように動悸がやってきた。数秒後に、確認するようにもう一度その背表紙を見る。それは幻ではなかった。

『木曜日のルリユール』 一之森樹

そんな馬鹿な。祐樹は眼をしばたたき、おかしい人に見られないよう、できるだけ静かに大きく呼吸をした。こんな時でも人目は気になる。その本は存在した。厳然としてそこに存在した。

祐樹はあっという間に冷たくなった手で、その薄い本を棚から引き抜いた。版元は、評論家森祐樹を歯牙にもかけない、あの憎々しい大規模な総合出版社だった。祐樹はそれをいったん棚に戻した。手が、手が冷たい。祐樹は棚から顔を上げ、後ろの現代詩の棚と向かい合った。そこに並ぶ背表紙を見るふりをして、混乱した頭の中でどうにか考えをまとめようとした。

あの本が存在するはずはなかった。絶対にだ。数分後、まだ冷たい手のまま、祐樹はもう一度「い」の棚に戻り、そのさらに数分後、再びその本を手にとった。

ページを開いたが、世界が回り始め、読むことはできなかった。祐樹は本を閉じると、レジへ向かった。めまいを起こすなら自宅で、だ。

祐樹が本だらけのマンションに連れ帰ったその一冊は、やはり幻として消え去ったりはしていなかった。玄関に積み上げた、古本屋に引き取ってもらう予定の本の山と同様、物体としてちゃんと存在していた。

献本の山をよけ、紙袋をダイニングソファから降ろして座ると、祐樹はその本を食卓に載せた。

『木曜日のルリユール』。それはもう十五年ほど前、学部生だった祐樹が卒論の現実逃避のために書いた、原稿用紙換算で二百五十枚ほどの中編のタイトルに他ならなかった。そして一之《いちの》森《もり》樹《たつき》は、祐樹が考えていた筆名そのものだ。

和紙を思わせる質感の白いカバーには、淡い水彩でワインレッドの本が一冊描かれている。かつて祐樹が妄想した通りの装丁だ。帯に絵より濃いワインレッドの文字で書かれた惹句は平凡で、期待の新人などというありきたりな語句が並び、編集者の売り込み下手を露呈している。ひっくり返して奥付を見ると、発行は二週間前になっていた。ということは、実際に書店に並び始めたのはその少し前だ。

著者の経歴はない。奥付の前のページに、この本は書き下ろしだという文が一行あるだけだった。もう一度帯を見たが、新人賞の記述もない。祐樹がこの大手出版社から出た文芸書を把握していなかったとは考えにくいが、どこかで見落としていたのだろうか。書店では一冊が棚差しになっていただけだった。新刊でそれなりに売れている本ならまだ平積みのはずだが、最初から売れることを見込まれていない刷り部数で、最初から売れることを見込まれていない棚差しなのだろう。

あの小説は、誰にも見せず、どの新人賞にも応募しないまま抹殺したはずだった。だが考えてみれば、同じタイトルの本など、世の中にはいくらでもある。ましてや発表しなかった作品なのだ。偶然に誰かが同じタイトルをつけることもあるだろう。そして、実際には使用されなかったその筆名と同じ筆名を考えつく作者、いやそれ以前に、本名が一之森樹である人間がこの世にいたとしても、何の不思議もない。

祐樹は震える指で、最初の数ページをめくった。

だが、祐樹の理性的な思考は裏切られ、驚きのあまり、思考は麻痺していった。これはあの小説だ。間違いなく、あの小説だった。自分が書いた。覚えている。この冒頭。この主人公。この主人公の名前。この主人公の台詞《せりふ》。この主人公の……

また手が冷たくなる。暖房を入れるような季節ではまだないのだが、寒気がした。その一方で、脇の下や額には嫌な感じの汗がにじみ出てきた。いつもより時間をかけて――しかし、一般的な読書の速度に比べれば何倍も速く――読み終えると、やっと喉が渇いていたことに気づき、三分の一ほど残っていたペットボトルの緑茶を一気に飲み干した。空きボトルを未読の新刊書の山に無造作に放り出す。

祐樹は記憶力には自信があった。ましてや、自分が書いた小説だ。一字一句、これが自分の書いたものであると断言できる。

やがて、じわじわと怒りがこみ上げてきた。剽窃《ひょうせつ》だ。剽窃というより、乗っ取りではないのか。誰かがあの小説を盗んだのだ。抗議をしなければ。

だが、誰に対して、どうやって？

「それで、私、さやかちゃんと一緒に病院まで行ったんです。だって心配だし……出かけさせちゃった責任もあるかなって思って、その途中で一回お母さんにも電話したんですけど、あ、このお母さんっていうのはさやかちゃんのお母さんで、青山のおしゃれなカフェで働いているっていうか、そこのオーナーさんなんですけど、すごくおしゃれでモデルさんみたいな人で、小物なんかもメゾン・マルジェラで統一しているような人で、私も何回か会ったことがあって、さやかちゃんちはお父さんがすごくお金持ちなんですよね、だからお母さんも……」

祐樹は萌《もえ》の話を聞き流した。二十四歳。まだ半分も食べていないケーキと紅茶の前で、楽しげに喋り続ける。若く可愛い自慢の恋人だが、話の九割はどうしても右から左へと抜けていってしまう。これで社会人として仕事はちゃんとできているのだろうかと思うこともあるが、本人から仕事の悩みを聞いたことは一度もなかった。

「ごめんなさい、先生、私、喋りすぎました?」

「いや」とりあえず否定はしておく。「こちらこそすまない。ちょっと考えなきゃいけないことが多すぎて」

「ほんとごめんなさい。私、お喋りで……」

「それはいいんだが、そこは『人』じゃなくて『方』だな」

「カタ?」

「友達のお母さんは『おしゃれな人』ではなくて、『おしゃれな方』だ」

聞き流したわりには、揚げ足を取るようなところはちゃんと耳に入っている。

「あっ……!」

萌は大きな目——より正確に言えば、目が大きく見えるようにメイクした目をさらに大きく見開いて、右手で口元を押えた。ブラウンアッシュの巻き髪が揺れる。

「ちゃんとしなきゃ。先生の研究を支えるために家庭に入ってこんなだったら、先生に恥をかかせちゃいますよね」

萌は数年前、大学で非常勤講師と学生として出会った。もっとも、釈明させてもらえれば、恋人として付き合いが始まったのは、萌が卒業をした直後からだ。かろうじて「教え子に手を付けた」ことにはならない。萌は卒論を書く年になっても、単位にならないと知りつつ祐樹の授業を聴講し続け、あからさまに祐樹に憧れの視線を向け続けたのだから、祐樹も気づかないはずはなかった。彼女の目には、祐樹は堂々たる「研究者先生」に見えているのらしい。博士号のない非常勤講師がどういうものなのか、まったく分かっていない。博士号のある若手の助教がいくらでもいる昨今、祐樹のようなろくに論文さえ書かない中年は、いつかは教授どころか、いつまで大学にいられるか怪しい。

「私って、ほんとに間抜けなんですよね。だから、そのさやかちゃんと病院に行った時も、診察券とか保険証のこととか全然忘れてて……」

話がそれても、腰を折られても、元の道には戻れるというわけか。

あきれた気持ちも、見下すような気持ちも、全くないわけではない。しかし、萌と一緒にいると、甘く柔らかいホイップクリームの寝床に気持ちよく沈んでいくような感覚になれる。

しかし一体、誰が『ルリユール』の原稿を盗んだのだろう。祐樹は学部時代にはすでに一人暮らしだった。当時部屋に来たことがあるのは家族だけだ。友人は少なかったし、部屋に招いたことはない。専業主婦の母は、そもそもパソコンの扱い方を知らない。地方国立大学の事務員だった父なら、まあ知らなくもないだろう。しかし、祐樹は自分専用のノートパソコンにはパスワードをかけていたし、あの野心のかけらもない父がわざわざパスワードを破って息子のパソコンから小説を盗み出すところは想像できなかった。むしろ、そのくらい毒気があれば、幾分かでも尊敬してやっただろう。妹は？　互いに無関心で、祐樹が卒論を書いていた頃にはもう家を出ていた妹。そもそも彼女が小説を読むこと自体が想像できない。

いや、それ以前に、彼らを残して部屋を出たことがない。疑うとか疑わない以前に、物理的に不可能だ。

ファイルは一般的な方法で消去したが、プロ中のプロにならデータが取り出せるのだろうか。それともファイルがまだ存在していた頃にネット経由で何かをされたのだろうか。しかし、祐樹は当時誰よりもすごいものを書いていると自任していた小説や卒論を守るため、コンピュータ・ウイルスへの備えには金をかけていた。低俗なサイトは閲覧さえしなかった。廃棄するためにパソコンをメーカーに送り返した時にも、データ消去プログラムにかけている。

萌とは当時、知り合ってさえいない。考えてみれば、彼女はその頃小学生だ！　祐樹が三十歳前後に短期間だけ結婚していた元妻は？　そもそもあの女は、祐樹がめった斬り評論で有名になってからすり寄ってきた女だ。ファイルの存在時期とかぶっていない。

あの女に比べたら、萌は天使だ。

こういう型にはまった表現は嫌いだが。

「『木曜日のルリユール』という小説を知ってる？」

「えっ……あ、すみません、えっ？　えっ？　小説……ですか？」

さやかちゃんの病院の話が再び紛糾したところで、祐樹は唐突に口をはさんだ。

「『木曜日のルリユール』だ」

「いえ、知らないです。有名な小説ですか？　すみません、私、勉強不足で。誰のですか？」

誰のって、私の、だ。本当は。

「ルリユール……ルリユールって、フランス語ですよね？」

それが分かって何よりだ。彼女のフランス語は、祐樹が授業で教えた。祐樹の本来の専門であるコクトーも朗読させた。ルリユールの語はフランス人でも絶対に知っているという単語ではない。知らなくても恥ずかしいことはない。

「la reliure。動詞の relier から来ている。その relier も、re と lier でできている。ルリユールとは、製本やその技術を言う。現代ではもう普通の本の製本も意味するようになっているが、本来は、仮綴じの状態で売られている半製品の本を買ってきて、昔の貴族の本棚に並んでいたような、革装の本に仕立て上げることを指していた。いやまあ、それはいいんだが……」

「その本、お薦めなんですか？　先生のお薦めなんて、すごくないですか？」

「いや、お薦めというわけでは……」

お薦めかどうかと言われると悩む。二〇〇〇年代前半を舞台にした、今となってはアクチュアリティのない作品だ。もちろん、現代に二〇〇〇年代前半を舞台とした小説が書かれてもいいのだが、その場合、やはり、現代的な視点がなければ意味はないだろう。『ルリユール』にはそれがない。まだテロとの戦いが始まったばかりで、津波も戦争も感染症もリーマンショックでさえ存在しない、今となっては生ぬるいばかりの視座。あれはただ、当時書かれたものをそのまま出してきた小説に過ぎない。

祐樹はぎくりとして一瞬身を固くした。他人を斬りつけすぎて身体の一部になってしまった刃で、いつの間にか自分自身を斬り刻んでいる。

しかし、物語のアクチュアリティの問題は大きかった。それを考えると、なおさら疑問が湧く。あれを優れた作品と思って盗んだのなら、何故当時出版しなかったのか。自分の手柄にしたいのなら、盗んでから少なくとも数年以内には出版していそうなものを。あの大手出版社からハードカバーで出されたということは、出版してくれるところを求めて十年以上あちこちを訪ね歩いたとも思えない。

「今度探してみますね、その本。えーと、木曜日のルリユール、っと」

萌はパールピンクの手帳型カバーのかかったスマートフォンにメモを書きこんだ。

このまま、この甘いクリームの海に沈んでしまえれば。

もちろん、彼女に相談事をもちかけて解決にいたるとは思っていない。しかし、誰かに話を聞いてもらうだけで少しは気が楽になり、何か新しい考えに至る可能性はある。

「先生、どうかなさったんですか？　何か困ったことがあったら、私に何でも言ってくださいね」

むしろそう言われさえしなければ。

祐樹は話す機会を失った。

デートをしている場合ではない。小一時間で切り上げ、祐樹は書店をめぐり始めた。奇妙な焦りを抱えながら、地下鉄を乗り継いで書店を回る。

有名どころの巨大書店にはだいたいどこにも置いてあった。が、平積みのところは一軒もない。どこもひっそりと棚差ししてあるだけだ。有力出版社のハードカバー新刊が平積みにならないのは珍しい。この二週間ほどの間に売れたのだろうか。しかし、中小規模の書店で置いているところはほとんどなかった。つまり、売れたのではなく、最初から刷り部数が少ないのだ。

さすがにくたびれる。フランスのメーカーの細身のスニーカーは、祐樹の日本人らしい幅広の足には優しくはない。足を休めるために立ち寄ったチェーン店のカフェで、祐樹は突然、あることに気がついた。何故昨日このことに気がつかなかったのか。

祐樹はスマートフォンを取り出すと、ネット書店にあのタイトルを検索させた。

ネット書店には在庫があった。が、売り上げの順位は恐ろしいほど低く、まだ評価は一つもついていない。祐樹はスマートフォンをオフにして、テーブルの上に伏せた。

いや、待て。もっと「気がつくべきところ」はあるだろう。何故昨日、それに気づかなかった？

「一之森樹」という筆名は、内心で考えていただけで、あの原稿ファイルには記載していない。あの原稿どころか、手帳にも、日記にも、手書きのメモにも、何にも書き記したことはなかった。つまり、もしあの原稿が盗まれたものだったとしても、「一之森樹」なる筆名を盗むことはできない。

コーヒーカップを持つ手が震え、受け皿に小さな音を立てる。

おかしい。おかしい。おかしすぎる。そんなはずはない。もしプロ中のプロなら廃棄されたパソコンからファイルを復元できるのだとしても、あの筆名を知ることはできない。そしてあの終章。手直しすべきだったかと後悔していたあの終章。捨てた原稿に後悔もクソもないかもしれないが、祐樹自身がこうすべきだったと考える内容に修正されている。

それは原稿を盗んだ者にはできないことだ。

次の瞬間、祐樹の脳内に「多重人格」という言葉がひらめき、嫌な気持ちが広がった。それを扱ったエンターテイメント小説がどんなに多いことか。中には古典の名作にそれをねじこんで大きな賞を取った、馬鹿馬鹿しいミステリもある。もちろん、そんな下らない小説は今回の新刊でめった斬りにしてやったのだが。

しかし、当時も今も、祐樹には、時間が飛んだとか、記憶が途切れているとか、気がついたら知らない物が増えていたとか、身の回りの誰かに人が変わったようだったなどと言われたことは一度もない。仕事のための読書や執筆をしている時は集中しているが、その時でさえ、ふと気がつくと思った以上に時間が経っていたということはなかった。自分はどのくらいの時間でどれだけ読め、どのくらいの時間でどれだけ書けるかは把握しているが——霊感型の執筆者ではないので——時間が消失したことはない。

そして、実を言うとこの一年半ほどの間、自宅の寝室にはカメラを仕込んでいる。それは睡眠障害のチェックのためだった。寝ている自分を見るのは苦痛だったが、再生ソフトのスライダーを動かして早送りでかろうじて見ている。自分は寝ている間に呼吸が止まったりしていないか、ちゃんと眠れているのか、それが心配なのだ。寝覚めはいつも悪い。多分、眠りは浅いのだろうと思う。が、そこに映っているのは、無防備に寝くたれた己の姿だけで、夜中に起き出して小説を書いていたなどということは一度たりともない。

翌週、大学での代り映えのしない授業が終わると、付属図書館に行き、片っ端から新聞や雑誌の読書欄に当たったった。さすがに書評が載るにはまだ早いか。しかし、新刊案内になら載っているかもしれない。書名や書影だけではなく、二、三十字ほどの紹介文がついていることもある。もっとも、それは話題になり得る新刊に限りだが。

あった。『木曜日のルリユール』は、新刊案内にその書名があった。しかし、事務的に最低限のデータが載っているだけだった。書影を載せた雑誌は一つもない。その一方で、『犯人と犯人未満』は書影入りで大きく取り扱われている。

何故だろう。何か侮辱されたような、傷ついたような、いやな気持ちになった。

それから雑誌や新聞の書評欄を神経質なほどチェックするのが日課になってしまった。寝室の撮影も続けている。銀行口座も、あの出版社からの原稿料が振り込まれていないかどうか、毎日のようにチェックした。ネット書店の順位や在庫も毎日見た。睡眠はますます浅くなったが、それ以外には異常はない。振り込みもない。

しかし翌月、雑誌や新聞に書評が載り始めた。

『犯人と犯人未満』は、もちろんどこの書評欄でも相手にはされないが、そこそこに売れている。いつも通りだ。当然、ネットは荒れた。だが、荒れれば荒れるほど、この手の本は売れ始めるのだ。今回もいける。絶対いける。一方で、『木曜日のルリユール』は、ネット書店を観察する限り、ぽつりぽつりと売れてゆく感じだった。しかし、書評も、数少ないネット書店のレビューも、感触は良い。

冬も本格的になる頃には、祐樹のもとに『ルリユール』の書評の依頼が来た。

評論家森祐樹のところにわざわざ書評を依頼してくる雑誌はほとんどない。祐樹のスタイルは読み物としては面白いが、雑誌に載せるにはそれなりの問題がある。版元とその雑誌の関係を悪化させかねない。雑誌に載せる書評は提灯《ちょうちん》記事とまでは言わないが、そういう側面は皆無ではないのだ（だからこそ祐樹の著書に意義があるのだが）。

雑誌からの依頼はありがたい。原稿料はさほどではないが、露出としてありがたいのだ。いわゆる「存在感を示す」というやつだ。

が、祐樹は、スケジュールの過密を理由にそれを断った。

何が書けるというのか。自分の唯一の、愛着のある、しかし若書きの、この手で葬り去った、あの小説に対して。まさかここで持ち上げるわけにもいかず、かといって、こき下ろすには欠点が見えにくい。いや、もちろんあの作品の欠点はよく知り尽くしている。だがそれは、内側から見たものだ。あそこはこうしておけばよかった、ここはこうするべきだった、何故あそこであぁ書いたのか、今ならこう書けただろう、そういう自己批判めいた斬り方ならいくらでもできるのだが……

そうこうしているうちに、ネットにある噂が出回った。噂というか、事実と言えば事実なのだが。評論家森祐樹先生が、『木曜日のルリユール』なる小説の書評を断ったという。ネットは色めき立った。それはいったいどんな小説なのか。噂の広がりとともに、『ルリユール』のネット書店での順位は目に見えて上がった。レビューも増えてゆく。その大半は、好意的ではあっても、「思ったほどじゃない」というようなものだった。ひどくもないが、すごくもない。いかにも「女性らしい感受性」で押し切った感性小説に過ぎない。これはいかにも森祐樹が嬉々として斬りつけそうな小説ではないのだろうか。森は何故、斬りに来ないのか。

女性……。そうだ。「樹《たつき》」という名前は女性が名乗っていても不思議ではない名前だ。

何故書評を断ったことが知れ渡ったのかは定かではない。雑誌の編集者の一種の意趣返しだったのか、内輪話の漏洩か。それは知りようもなかった。祐樹の書籍の担当編集者たちとの会話にさり気なくこの話を盛りこんで探りを入れることも考えたが、それを思い留まった。自分からわざわざその話題を持ち出せば、どこかから話が漏れでもしたら、また変な噂になるだろう。担当者たちは、仕事仲間ではあったが、完全に信頼しきっているわけではない。祐樹は所詮、出版社が笛を吹けば踊り、ちゃりんちゃりんと投げ銭が懐《ふところ》に入って来る見世物に過ぎない。

年明けには『犯人と犯人未満』のサイン会がもう一つ準備されている。これは喉から手が出るほど欲しかった大型書店でのイベントだ。

せめて一人だけでも信頼できる出版関係者がいれば。せめて、この奇妙な話を共有できる相手がいれば。

慌ただしく年が明け――しかし、例によって、気がついたら時間や記憶が飛んでいたなどということはなく――都心の大型書店でのサイン会が挙行される。洒落た迷路のような造りの書店で、さ迷い歩くうちに新たな本と出会うことをコンセプトにしているところだ。祐樹も毎月必ず足を運び、高いカフェでコーヒーを飲み、自分こそがこのお洒落書店に相応《ふさわ》しい人間だと自任している。出版社の営業の努力の賜物だろうか、ここでのサイン会が決まった時、祐樹は（もちろん誰も見ていない自宅で）、普段は絶対にしない、ださいガッツポーズをした。

サインをもらいに来る読者は、当然だがほとんどがファン、と言いたいところだが、そうとも言いきれないのだった。中には、森祐樹に直接会って一言言ってやりたいという一言居士タイプのアンチも混じっている。長年の経験でそういう者は口を開く前に雰囲気で分かるようになっていたのだが、祐樹はあえてファンにもアンチにも同じ態度で接した。もちろん、へらへらと愛想をよくしたりはしない。著作に反発されるのなら構わないが、態度だの見た目だの声だので下手に敵を作るのは得策ではない。

何をやっているのだろうか、私は。そう思わないこともない。本当なら、コクトーの映画についての本が書きたい。出せたとしても売れないだろうが。マイナー言語の戦争文学をフランス語から重訳したい。博士号を取りたい。しかし、評論家森祐樹が今さら博士課程に入学するのは考えられない。世間――主にネット――に何を言われ、どうウォッチされるか分かったものではない。そうなると、在野のまま博士論文を書く、いわゆる「論文博士」しか道はない。もっとも、論文博士としてエントリするためには、一般的には査読のあるジャーナルに最低三本は論文を発表しないと資格さえ得られない。今のところ、祐樹の論文と言える論文は一本だけだ。実を言うと論文は書くには書いたが、査読を通らなかったのだ。あと二本、何としてでも、査読を通る論文を書かないと話にならない……

「覆面作家は卑怯ですよね」

サインの手が止まる。

「先生何度も書いてるじゃないですか。ペンネームを使うのだって本当はちょっとなあってことでしょ？　本来、作家は芸能人なんかとはわけが違うんだって。ましてや覆面作家さんさあ、って」

「そうですね」

目の前に立っているのは、三十前後と思しき小太りの男性だった。

「一之森樹って知ってますよね？　先生の記憶力だったら、書評をリジェクトした作家の名前も覚えてますよね？　あれ覆面作家ですよね、一之森樹って。ねえ森祐樹先生？」

その瞬間、最初にあの本を見つけた時のそれと似た衝撃が走った。

一之森樹、森祐樹。

連想するのは難しくない名前だ。

それは当然だ。あの筆名はそもそも本名が元になっている。何となく平凡な自分の本名を粉飾したと言えなくもない。あの頃は筆名も匿名も卑怯だなどとは思っていなかった。いや、今だってそう強い信念で思っているわけではない。ただ、効率のいい突っ込みポイントだというだけで。

何が言いたい、と、一瞬気色ばみかけた。が、その先のことを考えて自制した。

幸いなことに、男は間抜けなことに自分から脱出口を作ってくれた。

「なんで『木曜日のルリユール』は評論しないんですか？　いかにも先生がぶった斬りしそうな本ですけど？」

「全ての小説を相手にしているほどの時間はないので」

「って、読んだからそう判断したんですよね？　まさか読みもしない本の価値をあーだこーだ言ってたりとかしないですよね？」

「読みました。その上で言っています」

「へーえ。それって、一之森樹はちゃんとした判断で読む価値なしってことですか森祐樹先生？」

列がざわめく。

そう、何故今まで気がつかなかったのだろう？　祐樹はエゴサーチをしない。ひたすらアンチの暴言が並ぶ書きこみなど検索して何になるというのか。『ルリユール』に関する検索はしていたし、エゴサーチをせずとも耳に入って来る自著に関するあれこれは知っていた。が、おそらくネットでは、「一之森樹の正体は森祐樹ではないか」と言われているのだ。

「次の方に順番を譲っていただけますか？」

男は何やら嬉々とした表情を見せながらその場を去った。返答がなかったこと自体が一つの言質《げんち》となった、とでもいったところか。列のざわめきはすぐに収まった。誰もがスマートフォンをいじっている。そう、ネットに書きこみをしているのだ。

その夜、ネット書店での『ルリユール』は、「売れている」と言っても過言ではない順位にいた。

もう五万部くらいは売れただろうか。もっとか？　リアル書店では今さらのように平積みになっているそれは、今、三刷と記されている。なかなかの原稿料になっているだろう。もちろん、出版社から祐樹に振り込みが来ることもなく、増刷の明細が届くこともなかった。著者と証明できない者が皮算用してどうする。しかしそれ以上に、もし今、『ルリユール』の著者が祐樹だと証明されたら、森祐樹の名も一之森樹の名も無傷ではいられないだろう。

いや、逆かもしれない。かもしれない、ではない。間違いなくプラスに働くはずだ。評論家はいつの世にも、自分では小説を書けないくせに他人の小説に偉そうなことを言う、などと言われる。もし森祐樹が、森祐樹の名を使わなくとも短期間に増刷がかかるほどの小説が書ける人間だと知れたら、最初は覆面作家問題で荒れるだろうし、星一つの妬みレビューも増えるだろう。が、結果としては尊敬を勝ち得るのではないだろうか。

あれが自作と証明できれば、の話だが。

せめて十五年前にバックアップを取っていれば。更新せずにそのまま持っていたなら、最後にファイルを編集したのが十五年前だと証明できただろう。……いや、どうだろう。電子的なファイルへの細工など、いわゆるハッカーと呼ばれているような人々なら簡単にできるのかもしれない。自分がそういうハッカーだと疑われるだけかもしれない。森祐樹がそんなにデジタルに強いと思われるのは名誉かもしれな……いやいや、そんな濡れ衣の名誉など欲しくはない。むしろデジタル音痴に近いことはすぐにバレるだろう。そんなことより、小説が自分のものだと証明できるほうがよほど大事だ。

と言うより、そもそも、「ある原稿」が自分が書いたものだということは、あるいは書いていないということは、いったいどうやったら証明できるのだろう。データが手元にあるということは、ただ単にデータが手元にあるだけで、それを書いたのがデータを持っている人物と同一であるかどうかはまた別な問題だ。自分の評論にしてもそうだ。担当者に森祐樹のメールアドレスに添付された原稿ファイルが届いているというだけの話で、実は森祐樹以外の誰かが書いている可能性は否定しきれない。実際、祐樹がデビューした直後はそれを疑われた。森祐樹というのは、複数人のプロジェクトではないかということだ。それは祐樹が読む本の量があまりにも多く、執筆があまりにも速いというのがその根拠だった。森祐樹という人間がトークイベントなどに引っ張り出されてしばらくして、森祐樹は一人だということでだんだんチーム論はおさまっていったが、それでも、森祐樹の原稿を夜中に七人の小人さんが書いてくれているわけではないことの証明にはならない。

昔なら筆跡というものが通用しただろう。中には中年期以降のドストエフスキーのように、口述筆記で速記者に書かせていた者もいるが、その速記者の存在自体が証言になる。

しかし今、ほとんどの原稿が電子的なファイルのやり取りになった今、七人の小人さんはむしろ存在感を増してはいないだろうか。あの著者のあの書籍を、本当に七人の小人さんが書いてくれていないと、いったいどうやって証明するのだろうか……

祐樹は仕事机の左側に積んだ著者校のゲラを取り上げ、送られてきた時のビニール袋で包んだ。大きなダブルクリップに挟まれたゲラは、もう隅から隅まで見尽くして、直すところはない。この本では、最近の薄っぺらいＳＦを斬っている。どいつもこいつも、何をして食っているのかも定かではない、記号のような登場人物ばかりだ。その上……

ゲラを返送用の封筒に突っこむが、まだ封はしない。締め切りぎりぎりまで手元に置くつもりだ。何か今まで以上に面白い文言を考えついた時に、いつでも書き足せるように。

そうだ、紙のゲラだ！　そこに手書きで書き込まれた修正の筆跡が、著者校の作業を著者自身がやったことの証明になるのではないだろうか。いや、それもまた完璧な証明にはならない。手書きの著者校をやった人間が著者と同一人物でないと、どうして言い切れるだろう。

それ以前に、だ、そもそも、自分が自分であることは、いったいどうやって証明するのだろう。公的な書類か。人的なつながりか。しかし、他人の戸籍を乗っ取って、その誰かになりすまして生きている人間もいるという。これは、それを実際に取材したジャーナリストから聞いたことだ。本当に存在するのだ。その人物が「その人物」であることは、証明書だけではなく、その人物と継続的に関わってきた者たち、とりわけ家族の証言がなければならないだろう。だがもし、ある時その人物の完璧なコピーと入れ替わったとしたら……いやちょっと待て、ＳＦを斬りすぎてＳＦに脳が汚染されたか。よくないことだ。評論の対象とは距離を置かなければいけない。

しかし……考えはほぼ自動的に更新された。考えずにはいられなかった。しかし、しかしだ、それ以前に、それ以前にだ、自分自身に対して自分が自分であると、どうして言えるのだろうか。鏡に映る顔か。記憶の連続性か。周囲の人々との関係性か。私が自分を森祐樹だと確信していられるのは何故なのか。もちろん、他の評論家に真似のできない読書速度と記憶力、個性的な論述が自分にはあるからだ。しかしもし、考えたくはないが、事故や病気でその能力が失われたらどうなるだろう？　自分は自分であるという自覚は揺らぐのだろうか。そんなはずはない。そこにいるのは、能力を失った「自分」だ。たとえ能力を失おうが、アイデンティティが揺らごうが、そこにいるのは、そうなった「自分」だ。

祐樹はある日、意を決して件《くだん》の出版社に出向いた。

文筆の世界に身を置いて十年以上経つが、この出版社に来たのは初めてだった。何しろ、あちらが森祐樹などという色もの評論家を相手にしようとしていない。

地下鉄を降りてすぐのところにその出版社のエントランスがあった。地下鉄駅から直通の通路さえある。祐樹は正面玄関からではなく、その地下通路を選んだ。もちろん、どこから行こうが守衛が立っており、受付に行かなければならない。

守衛に、雑すぎず丁寧すぎない会釈をして通り過ぎる。怪しい者ではない。むしろ、この業界では有名人だ。平然としていていい。この社には相手にされていないが、私は評論家だ。評論家の森祐樹先生だ。

エントランスは白く広々とした吹き抜けになっていた。幾つかのソファとベンチ、大きなモニタ、出版物の展示などがあるが、それらがまったく圧迫感を感じさせないほど広かった。よく手入れされた植栽さえある。寒すぎず、暑すぎない空調。奥のカウンターの向こうには、小ぎれいな制服を着た、容姿端麗な女性が二人、受付業務を行っている。何か現実離れした光景にも感じられた。

祐樹は受付から離れたベンチに腰を下ろし、腕時計を見るふりをした。

「こちらの用紙にご記入をお願いします」

美女の一人が言う声が聞こえる。もう一人が、すでに紙を提出したと思しき女性を前に、内線電話をかけている。

どうやら来館者は、あの紙に呼び出す相手の名前や部署を書き込むらしい。

祐樹は、そもそも自分がここに来てどうするつもりだったのかと考えた。

すみません、私は一之森樹です。担当者をお願いします、とでも？　そもそも、この規模の出版社は、文芸だけでも何部門もある。『ルリユール』は純文学扱いだろうから部門は分かるが、担当者は？　受付が作家一人一人の担当者を把握しているわけがない。会うべき担当者の名前と約束の時間などを訊かれるだろう。アポイントメントなどあるはずがない。担当編集者が誰だか分かっていたとしても、その彼、もしくは彼女は、あの原稿を提出した一之森樹を見知っているはずだ。すでに付き合いのある作家と編集者同士なら全てメールと郵送でやりとりすることもあるが、初めての作家と直接に会わないわけがない。その誰かは祐樹をニセモノと思うだけだろう。いや、ニセモノならまだましで、頭のおかしい奴と思うだろう。この業界にいると、時々、その手のおかしな人と出会う。自分を大作家と思い込んでいるだけならまだしも、自分を司馬遼太郎やスティーヴン・キングだと心の底から確信している人間も、いないではないのだ。

正面玄関から、背の低い太った女が入ってきた。艶《つや》のない髪をひとくくりにまとめ、お洒落とは程遠いバックパックを背負っている。おどおどとした様子で、一瞬、祐樹に助けを求めるような視線を向けてきた。祐樹が目をそらすと、彼女は重い足取りで受付のカウンターに向かう。

持ち込みだろうか。今どき、持ち込みの原稿を受け付けている出版社はほとんどない。ましてやこの規模の一流出版社は、漫画や小説、ノンフィクション等の新人賞を幾つも持っている。そちらにご応募くださいと言われるのが関の山だ。出版界の常識など何も知らない三下《さんした》は、一度痛い目に遭った方がいい。

が、受付の美女が内線電話をかけるや否や、右手奥の通路から、ベテランと若手らしい二人の男が駆け込むようにして現れ、女に何度も深々と頭を下げ始めた。

顔がかっと熱くなる。祐樹は頬の赤らみを誰にも気取られないよう、顔を伏せた。胸の真ん中に恐ろしく切れ味の鈍い刃物を突き立てられたような気がした。

祐樹はベンチを立ち、地下通路に向かった。守衛も受付も、この不審者に声をかけては来なかった。作家の気分を味わうため、ここに来て人待ち顔の一人芝居をする者もいるのかもしれない。

祐樹は地下鉄に飛び乗った。

下りに乗ってしまったのだと気づいた時には、地下鉄は埼玉に入っていた。それどころか、祐樹は無意識のうちにある駅で降りていた。そう、かつて学生時代に住んでいた街だ。『木曜日のルリユール』を書いた、まさにその街だった。

午後の中途半端な時間のせいか、駅を出入りする人はさほど多くはない。もうとっくに陰っていてもおかしくはないはずの日差しはびっくりするほど高く暖かく、まるで春のようだった。

祐樹は駅の階段を上がり切ったところでダウンコートを脱ぐと、ボディバッグをかけ直し、コートを左腕に抱えた。街を行く人々は、この気候の急激な変動を察知していたかと思うほど、みな軽装だった。何かが奇妙だ。

ただ引き返せばそれでいいのだが、祐樹は何となく、駅から離れ、昔住んでいたワンルームマンションに向かった。何故そうしたのかは分からない。ただ、今あの辺りがどうなっているのか、何とはなしに見てみたくなったのだ。ストリートビューで見ても、どうせ見られるのは数年前の画像だろう。

幹線道路を横切り、スーパーマーケットの前を通って、右に曲がる。スーパーは多少改装したようだが、変わらず営業していた。地下のボウリング場も健在のようだ。結局一度も入らなかった怪しい中華屋を通り過ぎ（客が出入りしているのを当時から見たことはないにもかかわらず、これもまた健在だった）、建て替えられた規格品のような住宅を過ぎて、元自宅に向かう。白黒猫のたまり場だった木造アパートは、この狭い敷地によくも、と思わせるほどの小さな住宅三棟になっている。

ワンルームマンションはそのままだった。当時の鬱屈した気持ちが蘇る。修士課程の終わりまで住んだ、狭苦しい部屋。自分の部屋だった二階の角に目をやると、窓の向こうに黄ばんだレースカーテンが見えた。自分が当時使っていたものに似ている気がする。あれは処分したので残してきてはいない。まあ、あんな安普請《やすぶしん》の単身者部屋に使うカーテンなど、どれも似たような量産品に過ぎない。

エントランスというほどでもない入り口に並ぶ無機質な郵便受けもそのままだった。祐樹が住んでいた部屋の区画には、これまた当時祐樹が使っていたのとまったく同じ、ちゃちな錠前が通されている。

どうせ住民の入れ替わりの激しいワンルーム物件なので、祐樹一人がいたところで見咎《みとが》められることはないだろう。足音を忍ばせたりするとかえって怪しいので、祐樹は住人のような顔をしてそのままずかずかと階段を上がった。

部屋番号があるだけで、表札のようなものはない。規則上廊下に私物を置いてはいけないのだが、多くの住人がドアの横に傘を立てかけている。祐樹の部屋だったところもそうだ。しかも、置かれているのは既視感さえ覚える平凡な黒い長傘だった。

代り映えがしない。まさしく代り映えがしないとしか言いようがない光景。来なければよかった。何かぼんやりとした焦りのようなもの——このままどの方向にも浮かび上がることはできないかもしれないという、あの頃のあの感覚——がしつこくまとわりつく。が、次の瞬間、ドアの向こうに人の気配がし、ドアノブの鍵がカチリと鳴った。祐樹は慌てて身をひるがえし、曲がり角に身を隠した。

何をやっているのか、私は。悪いことは何もしていないし、身を隠さなければならないような事情もないというのに。ドアが開き、閉まり、鍵がかけられる音がする。聞きなれたあの音だった。

階段を下りてゆく足音がする。祐樹は我知らずのうちにその後を追うようにして階段の上に立った。衝撃が走った。知っている。あの服、あの髪型、あのデニム。あれは、そう、いや違う、学生当時はあの服は持っていなかったはずだ。あれは……厳密には思い出せないが、結婚する直前くらいの……

気がつくと祐樹は、その見慣れた後ろ姿の後をつけていた。小さな郵便局の前を通り、体育館の前を過ぎると、その人物はコンビニエンスストアに寄り、テイクアウトのホットコーヒーを手にして出てきた。顔が見える。間違いなく、自分だ。学生の頃のではなく、今よりもう少し若い頃の。三十そこそこだろうか。

祐樹は痺《しび》れたようになり、ただ自分の後をついていった。日差しが暖かく、眩《まぶ》しい。「自分」は子供動物公園に入った。そう、かつて祐樹も時々ここへやって来ては、煮詰まったレポートやまだ空想の中の壮大な論文、行く当てのない小説の構想を考えたものだった。

公園には、小さな子供たちと、その母親らしき、ベビーカーの傍《かたわ》らに立つ女性たちがいた。「自分」は、フラミンゴが数羽飼われている池のほとりに来ると、たまたま誰もいなかった東屋の木製スツールに腰を下ろした。何故か落ち着きはない。上着の胸ポケットから折り畳み式のいわゆるガラケーを取り出すと、東屋に作りつけになっているテーブルの上の、コーヒーの横に置く。時おり貧乏ゆすりをしたり、無意味に髪に手をやったりしながら、まだ熱いのか、少しだけコーヒーに口をつけてはまたいらいらする。

祐樹は少し離れた所に立ち、池と鳥を見るふりをして「自分」の様子をうかがった。貧乏ゆすり。自分のみっともない癖だ。こうやって外から見ると、ますますみっともなく、格好が悪い。ひどいものだ。それを見てこちらもいらいらして立ったまま貧乏ゆすりをしかけて、どうにか自制した。それにしても「自分」は、あまりにもいらいらし過ぎではないだろうか。

時々携帯電話に目をやっている様子だった。電話を待っているのか。女からか？　情けない。だとしても、せめて誰も見ていない、まったく人目のない自宅でやれ。

突然、どこかから携帯端末のバイブレーターの音がした。「自分」の携帯電話からだ。

「もっ……もしもし、はい、はい、はい、いっ、一之森です。一之森樹です、はい」

「自分」はそう名乗った。

「はい、はい、はい……はい……」

目に見えて肩が落ちる。

そうだ。

祐樹は直感した。

これは「落選通知」だ。

「……はい……」

小説の。

何故そう思ったのか、自分でも分からない。しかし、それは「自分」のことだから分かったのかもしれない。

「……………はい」

一之森樹は右耳から携帯電話を離すと、力なくそれを閉じ、コーヒーの横に置いた。

流れるどんよりとした空気。祐樹は胃がきりりと痛んだ。

次の瞬間、樹が顔を上げ、祐樹と目が合ってしまった。

ごまかしは利かないほど正面から見つめ合ってしまった。

「あの」

自分でも驚いたことに、祐樹は樹に向かって自ら話しかけた。

「一之森樹さんですか？」

「えっ……あ、はい……」

不審げな目で祐樹を見る。

「ペンネームですよね？」

「いいえ、本名です」

樹は意外な答えを返してきた。七、八年くらい前の自分の顔だ。しかし、容姿はそれほど大きく変わってはいない。せいぜい、こっちの自分はさすがに少し老けて、生え際がいくらか寂しくなり、ほんのわずかだが太ったくらいだろう。今喋っている相手が誰だか、気がつかないものだろうか？

「『木曜日のルリユール』の？」

一瞬、樹の瞳孔が開くのさえ見えた。

「えっ……それ……なんでそれを……？　あっ、もしかして、あの頃のしたよ……予備選考委員の先生でいらっしゃいますか？」

「下読み」と言いかけて、やめたようだ。下読みも予備選考委員も同じだが、ニュアンスは大いに違う。要するに、新人賞に応募された原稿を最初に読んで、ゴミを捨て、ましなやつを予選通過作にする、その下っ端の作業員たちの呼び方だ。もちろん、「予備選考委員」のほうが響きがいい。

祐樹は答えをすり替えた。

「評論家です」慎重に答える。「森祐樹といいます」

「あっ……すみません、不勉強なもので」

その名を知らないことを、自分を下げて答える答え方だった。なかなかそつがない。

「でも、『木曜日のルリユール』は、もう何年も……そうですね、八年前に提出したやつです。二次予選まで通りました。そこ止まりでしたけど。でも、そんな小説や僕の名前を憶えていてくださったなんて、何というか……その、すみません、どう言ったらいいか、ものすごくありがたいです。感激です」

樹はすっかり、祐樹が下読みとして何年も前に『ルリユール』を読んだのだと納得したようだった。予選落ちということは、本にはなっていない。

「あれは初めて公募に出した作品で、特に小説の書き方なんか勉強したことがなかったですし、まぐ……いえ、その、自信はありました、個人的に。全力で書きましたし」

ここで「まぐれ」と言ってしまうと、予選を通した下読みの判断を疑うことになる。いろいろ心得ている様子だった。

「私は悪くないと思ったのですが」

祐樹は慎重に言葉を選んだ。

「もちろん若書きで、欠点は挙げようと思えば挙げられます」

そう、挙げようと思えば、いくらでも挙げられる。

「でも、本になれば、それなりに読者はつくはずです」

実際、こっち、では、ついている。

「賞を取るか取らないか、本になるかならないかは、紙一重なところがあります。絶賛されて世に出てもさっぱり読者のつかない本もあれば、自費出版がヒットすることもある。売れ行きと関係なく、ダメな本はたくさんある。一つ一つの結果は気に病み過ぎない方がいいですよ」

作家にも作家志望者にも、こんな優しい言葉は言ったことがない！　今まで何を言ってきたかって？　ダメな本は出せてもダメだ、出せなかった本は、ますますダメだ、等々。

「ありがとうございます。でもそれで、第一作が予選をいいところまで通っちゃったので、それでなんか調子に乗ったのかもしれないです。まだ書いてます……仕事のシフトの合間を使える限り使って書いてます。いつも一次予選は必ず通るんですが……あ、でも、今回、ついに最終選考に残ったんです！　……まあ、ダメだったんですけどね」

見ていたでしょう、とでも言うように、両手をパーにして軽く上げて見せる。

「今のところ、十二戦全敗、です。完敗ですよ完敗。カンパーイ、って」

樹はコーヒーのカップを持つと、誰かと乾杯するようにそれを上げた。

祐樹は本来の自分なら絶対に言わないであろうそのうすら寒い駄洒落の自虐に激しい嫌悪を覚えた。

万年予選通過者はたいてい、その「予選をぎりぎり通る」レベルでの自己模倣に陥《おちい》っていることが多い。多い、というより、大半がそうだ。いわば、「そこそこ」に安住してしまうのだ。生ぬるい「そこそこ」。そこは、予選さえ通らない者たちに比べて優越感が得られ、自分の才能に夢を見られる危険地帯だ。

「さすがにここまで来ると理不尽感ありますけどね」

何が理不尽なものか。それほどの才能がないのはもう分かっている。

フラミンゴが長い首を伸ばして水面《みなも》をつつき、母親の一人の携帯端末が鳴る。

「でも負けは負けですよ。認めたほうがいい」

祐樹がそう言うと、樹はコーヒーをやや乱暴に木のテーブルに置いた。

「でも先生はさっき、賞を取る取らないとか、本が出る出ないは紙一重だっておっしゃったじゃないですか。持ち上げたり落としたりするのはやめてくれませんか。ただでさえ落ち込んでるのに」

落ち込んでいる？　落ち込んでいるというより、怒り、軽蔑にも近い苛立《いらだ》ちをたぎらせているのではないだろうか。何故分かるって？　言うまでもない。自分だからだ。見る目のない選考委員に憤り、賞なしデビューをオファーしてこない出版社に憤り、より強く強く推してくれなかった下読みにまで憤る。丁寧な言葉遣いの裏には、たった今会ったばかりの祐樹に対する憤りも含まれている。

選考委員の有名で偉い先生方に言われるんならともかく、あなた、名もなき一介の下読みでしょ？　僕、小説のことはだいぶ見聞がありますけど、森祐樹なんていう評論家、知らないですよ？　そんな自称評論家に言われる筋合いはないなあ。

手に取るように解る。自分だからだ。

とんだとばっちりだ。私は何もしていない。

「持ち上げたりも落としたりもしていませんよ。事実を言ったまでだ。それをきちんと受け止めて解釈できるか否かは、聞き手の能力に関する問題です」

樹はすぐさま反応した。まあそうなるだろう。分かる。分かるぞ。自分だからな。

「すると何ですか？　僕が無能だから、先生のお言葉をくみ取り切れていない、ってとこですか？」

「そうは言っていません」いや、言った。「そうではなく、ただ、そうであって欲しくはないと思うのですよ」

「はあ、そうですか。それはどうもご親切に」

樹の目に殺気が宿る。

「やっぱり評論家の先生は違いますね。人の言ったことの揚げ足を取るのがお上手だ。それのプロですもんね。それに比べたら、僕なんか、まだまだだ。言われた相手の気持ちまで考えてしまいますからねえ」

祐樹の中で何かのスイッチが入った。

「小説というものは、誰かに読まれて初めて小、小、小説として存在するようになるんです。読まれもしないものは、まだ小説にさえなり切っていない。どうりで皆ネットで小説を書きたがるはずですよ。ところが、応募資格が未公開作品に限定された公募賞に送られて来る作品は、大半が下読み数人の目にしか触れない。著者にはそれが読まれたと実感するチャンスさえない。そんな読まれもしない小説未満を、誰にも知られず書いていくことの苦痛が、作家志望者のメンタル面での最大の厳しさと言えるでしょう。そうこうするうち、読まれることを意識した文章が書けなくなって退化することもある」

「まあ、文芸誌はけっこうチェックをしている僕も知らないような評論家の先生がどんな評論をなさっているのか、知りたいものですね。評論だって、読まれて初めて評論として存在するのではないのですか？　それ以前に、他人が書いた小説を取り上げないと、評論そのものが存在しませんよね。あなたがたは、自分からは何も生み出さないくせに、人の作品を上からああだこうだ言う。違いますか？」

それはこっちでもさんざん言われてきたことだ。だが、その言葉の芯にあるのはいつも負け惜しみだ。ろくに読まれさえしない作品を書く者たちの、美点の乏しい小説を世に晒《さら》して作家面をする著者たちの、金切り声にも似た負け惜しみだ。

私だって書いたさ。その原稿は、奇妙な時空の歪みのようなものを経たのか、本として存在し、増刷もされている。が、それは彼の原稿でもある。しかし、仮に説明が面倒くさくなかったとしても、そのことはこいつには教えてやらない。こいつにだけは絶対に言ってやるものか。

「それは古今東西、言い古された負け惜しみのクリシェですね。作家というのなら、もっと独創性のあることを言って欲しかった」

「ほら、そういう態度。それで自分たち評論家の方が上に立ったつもりなんでしょう？　それこそ使い古された態度だ。あ、評論家は独創性なんてなくていいから、それでいいんですね。いいですねえ、ラクで」

樹は立ち上がり、祐樹はダウンコートをテーブルの上に置いた。背後から何かが迫ってきている。頭がぼうっとした。

「あなたのような作家志望者は、作品そのものを良くすることより、自分が『作家』と呼ばれるために汲々としているんですよね。いわば小説は自分が作家であるための手段だ。自覚はないでしょうけれどね。どうせそれが原動力なんだろう？　そんなやつ、何百何千と見てきたわ。そう言う奴はプロになっても変わらんし。自分が『作家』と呼ばれ続けるための小説をひねり出すのに必死だわ。ほんと下らねえ。才能が少しでもあるんなら、作品そのものを良くすることに注力しろっつうの」

「はあ？　何言ってんのあんたは。オレと関係ないだろ？　それこそ恨み言だろうが。何でそんなに熱くなっちゃってんのおっさんよ？」

何かが、何かが押し寄せる。もうとどめてはおけない。

決壊した。

「何でだって？　何で俺がこんなことを言うと思う？　俺は……俺はな、小説が好きなんだよ！　好きで好きでたまらないんだよ！　愛しているんだ！　小説を！　小説というものを！　何よりも、何よりも、愛しているんだ！」

祐樹は叫んだ。もう何年も大きな声を出したことがない。その怒号は頼りなく、迫力に欠けたが、叫ばずにはいられなかった。そして、自分の発した言葉に驚いた。

樹は目を見張り、次の瞬間、腹に力を入れるのが見て取れた。

「オレだって愛してる！　いや、オレのほうが愛してるね！　だから書くんだ！」

「いいや、俺だね！　俺のほうがよっぽど愛している！　俺は小説の評論で食ってけるんだわ！」

「クソが！　どうせ三文記事で妬んだ作家のこき下ろしとかやってんだろ？　そういうツラだわ！　それに比べたらオレのほうがよっぽど小説を愛してるわ！」

「俺はプロだぜ？　俺のが愛してるに決まってんだろうが！」

「バカか！　オレだわ！」

「バカはお前だろうが！　この万年落選が！」

「てめえは寄生虫だろが！　小説の！」

「このワナビーが！」

「このハゲ！」

ハゲと言われるほどにはまだ禿げてはいない。

「てめえも禿げるわ！」

「禿げねえよ！　オレはシャンプーとか気ぃ使ってんだわ！」

「それでも禿げんだよ！　ザマアミロ！」

「クソ！」

「バーカバーカ！」

「クソクソクソ！」

「やんのか！」

「やんのかよコラ！」

祐樹の視界の隅で何かが動く。冷水を浴びせかけられたようになってはっとして振り返ると、遠巻きに見ていた母子のうち、気の強そうな長身の女性が、スマートフォンを指先で三度叩き、手を止め、改めてこっちを見た。

通報される。

祐樹はコートを取り上げると踵《きびす》を返した。

何が起きたというのだろう？　頭の中には大音響のロック、いや工場か、倒壊するビルか、あるいは爆発する恒星のような衝撃音が鳴り響き、目眩《めまい》がした。だが、祐樹は走った。体力の限界まで走った。心臓が破裂しそうだが、それでも構わないと言わんばかりに走った。全身が痺れる。

ああ、ああ、ああ、私は、私は、そうだ、私は、小説を愛しているのだ‼　私は、愛して、愛して、愛し過ぎて、気が狂わんばかりに愛して、それで気が狂ってしまった人間なのだ！　そうだとも、認めるよ！　認めてやろう！　私は、私は羨《うらや》ましいのだ。小説を書く者たちが。小説を書き続ける者たちが。書くに足りることを持つ者たちが。才能のある者たちが。努力ができる者たちが。羨ましくて、妬ましくて、そして好きで、食べてしまいたいほど愛しているから、だから食べてしまうのだ。

地下鉄は都心に向かった。降りた駅は真冬の寒さで、祐樹は再びダウンコートにくるまった。

祐樹はその夜から高熱を出して寝込んだ。萌が身の回りの世話をするために来てくれたが、彼女が作ったお粥を置いたダイニングテーブルには、あのワインレッドの本が描かれた表紙の小説は存在しなかった。祐樹が朦朧《もうろう》としながらも本の海をあさり始めると、萌は慌てて祐樹を止めた。それはそうだろう。彼女からしたら、祐樹は高熱に浮かされながらありもしない本の幻覚に囚われているのだから。何とか祐樹を寝かしつけようとする萌に逆らって、祐樹はパソコンを立ち上げ、ネット書店にアクセスした。無い。『木曜日のルリユール』などという本は存在しなかった。読書感想サイトにもない。一之森樹という作家も存在しない。祐樹は意識を失うようにしてベッドに倒れ込んだ。その後の二日間は、ほとんど記憶がなかった。

それから数週間、腑抜けたように暮らし、大学の残りの授業も這いずるように出勤して、どうにかこうにかやり遂げた。毎年春休みと夏休みには、ああ、論文を書かなければと思うのだが、いつも思うようには進まない。今年の春はフランスに行って、またコクトーのゆかりの地であるメゾン・ラフィットやミィ・ラ・フォレを巡って、気分だけは盛り上げておきたいところだが、果たしてそんなことができるようになるのだろうかと思うほど回復は遅れた。体重は四キロほど落ちた。頭にぽっかり開いた穴が埋まってくると、祐樹はそれまで以上に猛烈に本を読み、書き始めた。

フランスに行くにしても、論文を書くにしても、その前にやってしまわないといけない仕事がいくらでもあった。恋愛小説の最前線を斬ると編集者に約束してしまったからだ。まず資料を使って骨子だけは組み立てておいて、フランスで文章を考えてもいいだろう。そう、最近の恋愛小説は、所詮、六つのパターンしか持っていない。それに時事問題や「みんな」が関心を持ちそうなネタをくっつければ一丁上がりだ。その手のものを書く作家は大体において器用なので、それが可能なのだ。器用？　器用とはまた、結構じゃないですか。いやダメだ。論調が穏健すぎて、自分でも寒気がする。個別論ではもう少し掘り下げないといけないだろう。

祐樹に関するネットのレビューは、相変わらず荒れっぱなしだった。森祐樹の信者とアンチの大乱闘だ。『犯人と犯人未満』は最初はそこそこの売り上げだったが、ネットが荒れたのと、ベストセラー推理小説作家が怒り狂った効果で、出版の翌々月から急に売れ始めた。そう、それでいい。目論見《もくろみ》通りだ。最新恋愛小説論も、やるからにはそのくらいやらなければ。祐樹はワードファイルを呼び出すと、それまで書いた草稿を大幅に削り、最初から鋭く切り込む構想に書き直した。

やるべきことは可能な限りやらなければ。徹底的に。そう、徹底的にだ。

何故なら、それもまた、一つの愛の形であるからだ。

詩人になれますように

母方の祖母初枝《はつえ》が亡くなった時、詠美《えいみ》は高校二年生だった。夏休みの少し前の頃だ。初枝の癌はもう治療のしようがなく、最後には鎮静をかけたまま亡くなったのだが、その処置がなされる直前、初枝は詠美をベッドの傍《かたわ》らに呼んで、こう言った。

「これはね、あんたの望みをふたっつ、叶えてくれるよ」

くたくたになった印伝の巾着から初枝が取り出したのは、革ひもに結ばれた薄青い勾玉《まがたま》だった。

「ふたっつ、だよ。ふたっつ。ふたっつっきり。でも、あんまり大きすぎるのは無理だかんね」

初枝は「二つ」ではなく、何度も「ふたっつ」と繰り返した。乾いた指でその勾玉を詠美の手に握らせると、また念を押すように言った。

「いいけ？　秘密だかんね。あんたにしかやんないかんね。ふたっつだよ。ふたっつ」

詠美が戸惑いながらそれを制服のポケットにしまうと、それと同時に、両親や兄、医師たちが薬剤の匂いを引き連れて病室にやってきた。処置が終わり、初枝は四日後、県庁所在地の大学病院で亡くなった。

収骨を待つ間、詠美は初枝に礼を言っていないことに気づいて愕然とした。が、もう遅い。ただ心中でおばあちゃんありがとうと言いながら、涙を拭く動作に紛れて親族たちに背を向け、ポケットから勾玉を取り出して左手に握った。

詩人になれますように。

詠美は胸元に勾玉を握りしめると、右手のハンカチの中で、誰にも聞かれないくらいの小さな声で言った。もともと恵まれている容姿や、最初から中の上以外のものを期待していない成績に望むことはない。恋愛は……そう、いざとなれば二個目の望みを使えばいい（もっとも、この容姿があれば、恋愛のために二個目の願いを使うことはないだろうという自負もある）。それよりも、何よりも、詠美は、子供の頃からのこの望みに最大限の力を込めて願った。

詩人になれますように。どうか、詩人になれますように。

奇妙なことに、詠美はそれきり勾玉のことを忘れてしまった。

「大久保《おおくぼ》さん、お客さんだってよ」
同僚の優奈《ゆうな》――厳密に言えば後輩なのだが、この職場で詠美の「下」の人間はもう誰もいない――が、さもどうでもよいという態度で言ってきた。

「お客さんって、私？　私に？」

「みたいよ」

「え……でも、私にお客さんだなんて、いったい誰が……」

「知らないって。早く行ったら？」

優奈からはそれ以上何の情報も得られそうになかった。詠美は立ち上がって制服のスカートとベストを直すと、事務室を出ようとした。が、優奈は苛立《いらだ》った様子で事務室の隅の衝立《ついたて》を指差した。下っ端の事務員への来客など、応接室に通されるわけもないといったところか。まあいい。詠美は、どうしてもウエストのあたりで持ち上がってきてしまうベストの裾をもう一度引っ張った。無駄だ。体重はまだ七十キロを超えてはいないが、本当はもうワンサイズ上のものを着るべきなのだ。

おそらく昭和からずっとそこに置きっぱなしになっているだろう衝立は、上部のすりガラスのひびにセロテープが貼られている。事務機器リースの会社なのだから、もう少しましな補修道具がありそうなものだが、誰も手を付けようとはしない。

かろうじて動いているサーバーから薄い緑茶を汲むと、詠美は衝立の向こうに回った。

明るい茶色の巻き髪の女性の横顔が見える。見たことがあるような気もするが、思い出せない。視線は窓際で秋の夕日を浴びているひねこびた多肉植物に向けられているようだった。詠美が低いガラステーブルに茶托を置くと、女性は特に何の感情も交えずに軽く会釈をした。が、詠美がテーブルの向かいの席に腰を下ろすと、彼女の目が一瞬大きく見開かれ、瞳が左右に揺れた。かろうじて表情こそ変えなかったが、明らかに驚いた様子だった。

「大久保です。あの……私にご用って……？」

女性は立ち上がると改めて一礼をした。

「落窪詠子《おちくぼえいこ》先生、でいらっしゃいます……よね？　ご無沙汰しております。私、流山《ながれやま》みなみです」

彼女はそう言いながら、「ノンフィクション作家　黒木《くろき》みなみ」と書かれた名刺を差し出した。

黒木みなみ……大学時代の後輩だ。みなみはすっきりとした二重の目で、覗きこむような視線を送ってよこした。

ブランドものの時計。家事に向かない石つきの結婚指輪。ワンシーズン着たら捨ててしまうような、高価なのに華奢な素材のブラウス。

このほんの数十秒の間に、恐ろしいほどたくさんの情報が詰まっている。まず、みなみは詠美の大学時代の恋人流山と結婚したらしいこと。旧姓をペンネームにして作家と名乗っていること。田舎の中小企業の女子事務員――つまり自分のことだが――の正体を知っていること、そしておそらく、目元に高級な手術をほどこし、靴一足で詠美の普段着の全てを合わせた額を超えるものを身につけ、余裕のある笑みを浮かべていられること。

それだけではない。この太って年相応以上のほうれい線が刻まれた、髪を千円カットで適当にショートにしている女が、かつての大学の先輩大久保詠美にして詩人の落窪詠子であると一目で認識できなかったこと、だ。

詠美はせめて眼鏡をはずしてくれれば良かったと思った。そうすれば少しは自分の見栄えを良くし、そして、目の前のいろいろをはっきりと見なくて済んだのに。

頭の芯で、あるいは胃の裏側で、薄っぺらなプラ容器がパリンと割れる音がする。

みなみは座り直すと、磨き上げた爪を細い膝の上に載せた。無表情な詠美の顔色をうかがうような上目遣い。半笑いにも見える口元。

「すごくご無沙汰してしまって、本当に申し訳ありません。私も、何て言うか、ほんとにいろいろ手いっぱいで、全然余裕がなかったんです。先輩、いえ、先生のことはずっと気にしていました。新作が出たらすぐに分かるように、情報網は張り巡らせてたつもりだったんですけど……手抜かりはあったかもしれません。ごめんなさい」

さらに情報が加わった。みなみは、詩人落窪詠子がここ十年、一作の詩も発表できていないことを知っている。

詠美は黙ったままでいた。みなみは沈黙に耐えられなくなったのか、さらに言葉を継いだ。

「私、今、いろんなジャンルの方を取材させていただいてるんです。特に、その、世間に流されないで独自のペースで、その、信念を貫いてらっしゃるクリエイターの方とか」

詠美は自分の口元が思わずひん曲がったのを感じた。何も言わないつもりだったが、言葉が口をついて出た。

「つまり、あの人は、今、的な？」

今度は、みなみははっきりと息を詰まらせる音を立てた。

「て言うか、その……」

「図星なんでしょう？　いいよ別に。そう思われるのはもう慣れたから」

「って言うか……て言うかですね……」

「ノンフィクション作家、ね。あなたの世界はあれでしょう？　今流行ってるものを追っかけて、流行で稼ぐみたいなモノカキさんでしょう？　詩はそういうのとはだいぶ文脈が違っちゃってるのよね。時間の流れ方も違うし」

自分でも何か頓珍漢《とんちんかん》なことを言っている気はした。が、ここは黙っていないで何かで覆いかぶせてしまった方がいい。

「って言うかですね、先輩、その……言っちゃうとですよ？　二十歳で詩人として華々しくデビューして、二冊目をたった半年で出してベストセラー、そのあと十一年も沈黙してるって、やっぱり、どうしたのかな、って思いますよ？　あの人は、今、みたいなテーマだって、まったく関心を持たれていない人は取材しないですよ？」

「つまり、完全に忘れ去られていないだけありがたく思え、って?」

「そういうつっかかる言い方をされるのは心外ですけど……でも、今でも落窪詠子先生の新作を待っている読者はたくさんいるんです。その方たちのためにも、私の取材を受けていただけないでしょうか?」

みなみは長い睫毛を瞬《しばたた》かせ、また小首をかしげた。詠美は考えるようなしぐさをしたが、本当は何も考えていなかった。ただ、みなみの結婚指輪に重ねられた色石の指輪を、時計のとは違うブランドのロゴを象《かたど》ったペンダントを、虹色に光を放つピアスを見ていた。彼女の香りは、少なくとも柔軟剤ではなさそうだ。大したレベルでもない地方国立大卒の流山が、妻にこんなものを買ってやれるような職に就いているとは思えない。が、ライターとしての名前を聞いたこともないみなみが、これを稼ぎ出せるほどのベストセラー作家だとも思えない。しかしそこで詠美は一つあることに思い当たった。そうだ。流山の実家は土地持ちだ。県庁所在地に幾つものオフィスビルを持っている。

詠美は東京で本を出版した時、いつか「本物の」大物との出会いに備えて、田舎のお坊ちゃんに過ぎない流山に深入りしないうちに彼を捨てたのだった。

「今日はご挨拶に伺ったただけなんで、これでお暇《いとま》します。でも先輩、いえ、落窪先生、どうかご一考いただければ幸いです。お願いします。名刺の連絡先にご連絡いただいてもけっこうですし、こちらからもまた連絡させていただきます。どうかよろしくお願いします」

みなみは深々と頭を下げると、赤い靴底を見せて帰って行った。

少なくとも、こちらから連絡することはないだろう。詠美はまたいつもの目眩と、腸の痛みが始まったのを感じた。その数々の不調の中で、クローゼットの引き出しにしまってあるレジャーシートのことを漠然と考えた。


最初に詠美の詩が雑誌に載ったのはいつだっただろう。まだ高校生の頃だ。あの頃はポップカルチャー寄りのやや派手な詩の雑誌があり、田舎の書店でも手に入った。もっと専門的な現代詩の雑誌が存在することは、県庁所在地の大学に通うようになるまで知らなかった。その派手めの詩誌に投稿が載るようになると、常連として認識されるようになるまで一年もかからなかった。つまり、詠美の詩はほとんど毎月掲載されたのだ。

女子高生詩人。今考えれば、いかにもその雑誌が手を出しそうな駒だった。が、落窪詠子の詩を評価したのは大衆誌だけではなかった。詠美がもうすぐ二十歳になろうとしていた夏、ある老舗の詩誌の出版社が、詠美に詩集の出版を持ち掛けたのだった。もちろん詠美は喜んだ。しかし、詩集の出版はよほどの例外を除いてみな事実上の自費出版だということを知るのは、その時が初めてだった。

七十二万円。それが詠美に提示された金額だった。もちろん、もらう額ではなく、払うほうだ。もっともそれは、出版社側の特別な計らいで三割ほどを出版社が負担する上での数値だった。その筋の人たちなら誰もが飛びつく好待遇らしい。しかし、まだ二十歳そこその学生にとって、それは不可能な額だった。文学とはまるで縁のない親に頼るのも無理だ。太っ腹の親戚もいない。身を売ることも少しばかり考えたが、それだけはさすがにできなかった。

ただ、詠美には一つだけ当てがあった。後々問題になるだろうことも分かっていたが、詠美はその最後の手段に手を付けた。身を売るよりましなはずだ。結論から言うと、詠美は成人式の四ヵ月前、親が振袖のためにしていた貯金を受け取り、呉服屋を素通りして東京の出版社に振り込みに行ったのだった。成人式には、大学の入学式に着た地味なスーツを使い回した。

後悔はしていない。少しも、これっぽっちも、だ。友人たちの華やかな晴れ着に囲まれ、人一倍振袖に憧れがあった詠美は、それでも傲然と顔を上げた。あと三ヵ月すれば詩集が出る。激怒した親たちがそれで納得するとは思っていなかったが、少なくとも、振袖で一日限りのヒロインになった友人たちよりは頭一つどころか、一馬身も二馬身も抜きんでた存在になれる。なにしろ、例の派手めの詩誌は、女子大生詩人落窪詠子先生の第一詩集をすでに待望してくれているからだ。他のひっそりと出版される自費出版詩人たちとは違い、詠美は注目されてデビューするのだ。

落窪詠子第一詩集『スフィンクスの乳房』は売れた。これだけ売れるのなら自費出版にする必要はなかったはずだというくらいには売れた。もちろん、小説や新書のベストセラーと比べれば桁が違うが、詩集としては例外的に売れた。ほとんどの詩人の場合、自費出版した詩集は、詩の「有識者」や友人知人たちに献本されて消えてゆく。が、『スフィンクスの乳房』は違った。売れたのだ。権威ある詩誌の出版社が、第二詩集は商業出版にしましょうと言い出すくらいには。

詠美は、熱にうかされたように詩作に没頭した。ゲラは輝いて見えた。第一詩集よりさらにエロティシズムと幻想性を増した第二詩集『あなたの腿の上で』は、『スフィンクス』からった半年で刊行された。言うまでもないが、売れた。売れたのだ。もっとも、振袖騒動以来、もともとの不仲が修復不能になった親たちは、この第二詩集が全国の書店に平積みされたころには、もう役所に緑の紙を提出していた。

詠美は会社から自室に帰って着替えると、しばらくの間、何もせずに部屋の隅に座り込んでいた。

できるだけ考えないようにしていた当時のことを、みなみのせいで思い出させられてしまった。不愉快だ。しかし、詠美の三十一年の人生の中で、唯一、それは陶酔できる記憶でもあった。皆が落窪詠子先生を賞賛した。全国紙にも書評が載った。詩集ではほぼあり得ないことだ。マスコミに顔を出すようになると、肩書は女子大生詩人から美人女子大生詩人になり、天才美人女子大生詩人になった。目のくらむような幻想と強烈なエロティシズム。インタビューのために遠方から何人もの記者たちが来た。東京でサイン会もした。

ようやくのろのろと動き出すと、詠美はクローゼットの引き出しの奥にしまったパッケージを取り出し、口のところのテープを引っ張って外袋を破った。中身は大判のレジャーシートだった。カラフルなビニール紐を織ったようなそのシートを広げると、詠美は横たわり、全身にそれをかぶった。大きさとしては申し分ない。痺《しび》れた頭でそう機械的に目測した。少なくとも、目的は果たすだろう。

『スフィンクスの乳房』の時点で、突然有名人になった詠美と流山の関係は少しぎくしゃくしたものになった。それでも、お互いがこの状況に慣れれば乗り越えられる程度のものだったはずだ。が、『あなたの腿の上で』が出版された時、流山はそれがいわば処女の妄想であることを信じなかった。確かに、クリスマスソングが流れる駅前繁華街で流山をひっぱたいて一人で帰ってきたのは詠美のほうだ。いつか東京か海外で出会うはずの大物を迎えるために田舎の恋人——キス以上のことをしていない友人と言われてしまえばそれまでだが——を捨てたのは自分だと信じ続けているが、それがある種の……いや違う。振ったのは私。流山を捨てたのは私の方から。私の記憶は間違っていない。

詠美はレジャーシートの下から這い出した。秋とはいえ、まだ少し暑い。シートをかぶっているとなおさら暑い。暑いということは計算に入れた方がいいだろうか？　いや、それは考えなくともいいはずだ。

階下で玄関が開く音がした。兄が帰ってきたのだ。詠美は聞くともなしにその音を聞きながら、またしばらくぼうっとしていた。やがてまたのろのろと立ち上がると、レジャーシートをたたみ始めた。が、途中でそれを投げ出し、居間に降りていった。

居間ではよれよれのジャージに素早く着替えた大男が、スポーツドリンクを飲みながらテレビのお笑い番組を見ていた。酒の匂いがする。同じくらいよれよれの部屋着を着た詠美が座卓の向かいに座ると、正直に言って、巨漢兄妹という趣《おもむ》きになる。洋一《よういち》は何も言わずに茶簞笥からもう一つコップを取り出し、スポーツドリンクを注いで詠美に寄越した。少し的外れかもしれないが、優しいところのある兄。兄にはできる限り迷惑はかけたくない。

「お兄ちゃん、ご飯は？」

「食ってきた。カレンダーに書いただろ。今日役所の奴らと飲みって」

「そう……だね」

詠美はできるだけさりげなく聞こえるよう、細心の注意を払って言った。

「土日は？　何も書いてないけど」

「明日？　釣り」

洋一はテレビから顔も上げずに答えた。

「そっか。朝から？」

「いいよ別にお前は起きなくて。適当に途中で食ってくとかするから」

詠美が朝食の心配をしていると思っているらしい。

「日曜は？」

「釣り」

「休まないの？」

「別に。釣りが休みみたいなもんだし」

「うん……だけど、あれ、どうしたの？　パーティとか、もう行かないの？」

洋一はテレビから顔を上げ、詠美をじっと見据えた。それは非難がましい目ではなかった。むしろ、待ってましたと言わんばかりの歓迎の目だ。長い間兄妹で暮らして、詠美にはもう分かっていた。洋一はこの手の話題を自分から振るのではなく、聞き出されるのが好きなのだ。こういうやっかいなところが女受けしないのだと何度も口元まで出かかったが、いったんそれを言ったが最後、兄との関係は冷え切ったものになるだろうことも分かっていた。

「行ってもしょうがねえだろ。てかさ、どうせ女って、チャラいイケメンが好きなんだろ？　俺みたいなクソ真面目なのが行っても、ムダなんだよな」

「そんなことないって。世の中、ほとんどの女性は真面目な男性と堅実な家庭を築いてるよ。じゃないと世の中、もう崩壊してるじゃん」

「お前は婚活パーティとか知らないからそう思い込んでるだけだろ。女は顔とか金とか、女あしらいとかでしか男を見てないし。結局不真面目な奴が得すんだよ」

洋一は今年で幾つになったんだろう。三十四、いや、詠美より五歳年上なのだから、誕生日が来たらもう三十六だ。

「お兄ちゃんはこの話になるとすぐそんな女はいないって言うけど、お兄ちゃんの考えてる女の人って、そんなにレアな人なの？　どんだけ条件厳しいの？」

「いや普通でいいんだよ。顔も普通で、学歴とかも普通で、普通の家庭が作れればいいんだよ。仕事も普通って言うか、別に普通のパートとかでいいんだよ。てか、普通以外は望んでねえよ。普通の女なら誰でもいいんだよ」

「普通の女性なんて、結婚相談所とか婚活パーティに行けば普通にいるでしょ？　そういう人と普通に出会って普通に結婚したらいいじゃない」

「だけど、女ってさ、結局顔と金だろ？　真面目な奴とか見てないだろ？」

「でもさ、うちらの従姉妹《いとこ》はどう？　むっちゃんとか、ケイちゃんとか、みんなイケメンじゃない真面目な旦那さんと結婚してるじゃない。私だって真面目な男性のほうが好きだよ？」

「そういう女は例外なんだよ」

「でも、存在することは認めるよね？　婚活パーティがだめなら、真面目な女性と知り合うにはどうしたらいいか考えようよ」

「ムダだね。どうせそんな女はいねえよ。お袋だって五十過ぎてから年下のイケメンと再婚しただろうが」

視線をそらしたのは詠美のほうだった。父親は離婚後四ヵ月で再婚した。もともと相手がいたのだろう。貞淑な未亡人のように暮らしていた母は、四年前に突然、年下の実業家の男と再婚してこの家を出ていった。まったく何の兆候もなく、男の関心を惹くような要素など一片もないように思われた五十五歳の女が、だ。これを言われるとどんな反論も無力に思えてしまう。洋一と詠美はそれ以来、この昭和の建売住宅に二人で住んでいる。洋一からすると、この早々と容色を失った妹も、いつ裏切るか分からない「どうせ」の女なのに違いなかった。

詠美は兄に、明日早いんだったらもう寝なよと言い、自室に引き上げた。レジャーシートをもう一度きちんとたたみ直したが、どんなにきっちりたたんでも、もうパッケージのビニール袋には入らない。特に必要もないそのビニール袋を結んでごみ箱に放り込むと、レジャーシートはクローゼットの引き出しにしまった。

土曜日の朝は予報と違い、雨は降らなかった。もっとも、多少降ったところで、その後止む可能性さえあれば、兄は出かけただろう。詠美が二階の窓から見送った後ろ姿は海釣りの装備だった。ならば夕方、いや夜まで帰ってこないだろう。詠美の予定も夕方には終わる。別に出かけたことを知られて困るものではないが、何となく、用件だけではなく外出自体を知られたくなかった。何故だかは分からないが、どうしてもそうなのだ。少なくとも、出かけたことを知られない時の方が目眩は軽い。

　詠美も朝九時にはもう家を出ていた。隣県の大都市に向かう電車に乗る。めったに行かない街だが、駅前はありとあらゆるチェーン店が並んでいるので、早目の昼食には困らなかった。十二時過ぎには住宅街に向かうバスに乗っていた。予約は一時だったが、早く着いたらあらかじめ調べてあったコンビニの一隅にあるイートインにでもいればいい。多少手持無沙汰になっても、遅れるよりはずっといい。

　大久保家より古そうな一軒家に、ごく小さな、目立たない表札がかかっていた。間違いない。ここだ。約束の時間の七分前、詠美は緊張しながら呼び鈴を押した。物腰の柔らかな青年が詠美を迎え入れ、待合室にとても香りのいいハーブティを運んでくれた。どこかで嫌味のないお香が焚かれている。青年はリラックスしてくださいねと言い、ほとんどの男性が詠美には向けない笑みを見せた。

　時計が十二時五十九分になると、奥の部屋から大柄な中年男性が顔を出し、優しい声でこちらにどうぞと言った。

「よくいらっしゃいました。そちらの椅子にどうぞ。緊張しなくて大丈夫よ」

　アンティークらしいガラスの電気スタンドや小ぶりのグランドピアノ、天から射すような光が描かれた絵、幾つもの色とりどりの石などに囲まれたその部屋は、少し薄暗く、温かく感じられた。外はまだ残暑で暑苦しかったが、その部屋は心地よく温かく感じられたのだった。

「本当は、そうね、直観的には、あと二日早く来られたらよかったような気がするんだけど、うん、私の予約が取れなかったのだから仕方がないわよね。ごめんなさいね。いつ予約されたんでしたっけ？」

「八ヵ月前です」

「そうよねえ。ほんと、ごめんなさいね」

予約の取れない占い師、コウ先生は、うんうんと頷きながら、薄いファイルから二枚の紙を取り出し、一枚を詠美に渡した。

「事前にいただいていたデータでホロスコープを作ったの。あなた、仕事と人生の区別がない方なのね。仕事イコール人生で、ちょっと大きな使命を背負ってしまっているのも星に現れているわ。お仕事は何をなさっているの？」

「事務です。事務機器リースの会社なんですけど」

コウは少し首をかしげた。

「本当に？」

「本当です。大学を卒業してからずっとそこに勤めています」

コウは何も言わず、手元にあったカードの山を取り上げると、中から詠美に一枚を引かせた。

「悪魔の正位置。……あなた、こう言っちゃなんだけど、何かお色気系の副業をしていない？でなければ」

今度はコウ自身がもう一枚を無造作に引いた。金色の盃を手にした女性が描かれたカードだった。

「ああ、芸術系ね。そうね。あなた、副業というより、本業が芸術家なんじゃないのかしら？事務の仕事が、生きていくためにしている副業なのよ」

まさかのっけからこの話になるとは思っていなかった。最終的にはその件についても少しは言及するつもりだったが——いや、本当はこの件こそがここに来ようと思った真の理由だ——もっと普通の、家族や友人関係のことを訊ねて様子を見てからだと思っていたのだった。

不意を突かれて、詠美は詩集のことを最初から洗いざらい喋ろうとした。が、コウは話を止め、神妙な顔つきでカードを切ると、十三枚のカードを儀式的な図形に並べた。

心身の不調と大きな断絶。競争の激しい人気商売には向かない緑のオーラ。二十歳で重大な出来事が起こる星の配置。占い師はコールドリーディングを元に誰でも当てはまることを言っていくという話は詠美も知っていた。だがコウは、詠美からは何も聞き出さないうちに、これまでの人生の重要な出来事を言い当て、その意味を語っていった。そもそもは十六？　十七？トラインの配置があった歳の離別が発端なのね。あら、おばあさまが亡くなったのね。そうね。母方でしょう？　その方が、あなたの人生の起点になっているの。

両脇から大量の汗が噴き出す。腸が不吉な音を立てたが、トイレに行きたくなるほどではなかった。コウは詠美に筆名だけは訊ねてきた。落窪詠子。その名を知っているとも知らないとも言わなかったが、彼は悲しげに首を振った。

「そのペンネームが良くないわねえ。分かるのよ。日本では昔から雅号に自分をちょっと落とすような言葉を持って来ることがあるわよね。それに、それはあれでしょ？　古典の『落窪物語』から取ったのよね？　そうなんだけど、でもペンネームが良くない。あなたね、本当に勝負をかける時は、自分の本当の名前で出ていかないといけないのよ」

「そんな……大久保詠美で、ですか……？　でも、作家で有名な詠美さんがいらっしゃるし……」

「そんなの関係ないわよ。大久保詠美って、いい名前じゃない」

「でも、今ペンネームを変えたら、新人賞詐欺とか言われかねないですし……」

「ナニ詐欺？」

「ええと、詩の新人賞の中には、応募資格がデビューから二冊目までという規定のあるものもあって……」

「だからそういうことを気にしてるのがダメなの。本気で勝負をかける時は本当の名前で。ただそれだけよ」

詠美は額と目を両手で覆った。

コールドリーディング程度の占い師が相手だったら悩んだりはしないだろう。

「その点は……考えます。ものすごく大きな決断になるので、即断はできないですけど……でも……あの、その他のことというか、何か私が気をつけるべきことってないでしょうか。行ったらいいパワースポットとか、瞑想とか、身に着けるものとかで改善できることとか、こういう石を持つといい、とか、何か」

「別にないわ。あなたはね、自分がこうなるって思ったものになる人なの。神社にお参りとかパワーストーンとかじゃなくて、本当になりたいものになるとちゃんと自覚しないといけないのよ。十年後、二十年後のこともちゃんと考えて、なるの」

「十年後って……私、次のオリンピックまで生きてる気さえしないんですけど……」

「そう簡単に死なせてはもらえないわよ」

コウは最後に、最近訪ねて来た者、特に派手めの女には警戒しろと言い置いて、詠美を帰した。

子供の頃から日曜日があまり好きではなかった。もちろん、学校がないこと自体は好きだったが、日曜日は、終わりが来ると分かっているまやかしの楽しみに思えたからだ。朝、目が覚めたとたん、日曜日が終わるあの夕方の気持ちを思い出してしまう。詠美は大人になってもその感覚が抜けなかった。兄は日曜日の夜に眠りにつく瞬間まで休みの気分を楽しめる子供だったが、大人になってもやはりそれは変わらないらしい。

洋一は詠美が電話で数少ない友達のさらに数少ない誘いを断っている間に、また釣り道具を携《たずさ》えて出かけてしまった。詠美は電話を切るや否やトイレに駆け込んだ。貴重な友人の貴重な誘いを断るのはもってのほかだ。だが、胃腸がそれを許さない。詠美はトイレで脂汗を流しながら唇を噛んだ。

友人の誘いとは言っても、どうせ向こうも義理や惰性で仕方なく連絡してきたのに違いないのだ。もし本当に詠美を誘いたいのだったら、待ち合わせの日時を決める段階から連絡があったはずだ。大学時代のグループは、卒業から十年近く経つと、内部にはもう亀裂というか、序列というか、決定的な「何か」ができてしまう。あのグループはいつの間にか既婚者が夫の財力で静かに覇権を争う場になっていた。何故「いつの間にか」なのかというと、詠美は誰の結婚式にも呼ばれなかったからだ。未婚で、醜く、最低賃金すれすれで兄に寄生している詠美の居場所はない。

今日の断りで、このおざなりな薄いつながりも消えてなくなるだろう。詠美にはもう分かっていた。むしろ、彼女たちにそうさせてやるためにわざと断ってやったのだ。詠美はそう考え、また唇を噛んだ。嬉しくもなければ悲しくもなかった。いくら誘ってやっても出てこないんだから、もうあの子はいいよね。よかった。私、本当はちょっとほっとしてるんだ。私も。だって、あの子は……ねえ。

下痢も一通り出るものが出尽くしてしまうと、腹痛は嘘のようになくなる。そしてやって来るのは甘美な炭水化物の時間だ。兄に見られないよう部屋に常備しているクッキー類で昼を済ませると、眠気と自己嫌悪がやって来る。詠美は、台所の使わない食器類がしまい込まれている棚に突っ込んだ、もう一つのパッケージのことを考えた。目眩がする。いつもこうだ。部屋には菓子の香料と小麦の甘い香りが漂っている。

眠気はあっても眠れはしなかった。詠美は目眩がひどくならないように少しずつ姿勢を変え、クローゼットのほうに這ってゆくと、一番下の引き出しを開けた。どれもすでによれて久しい部屋着の群れの下、レジャーシートに手を伸ばす。が、何か冷たいものに触れ、とっさに手を引っこめた。一瞬、何かが濡れているのかとも思ったが、再びそのあたりを手探りしてみると、そうではないことが分かった。冷たいものは、勾玉の形をした石だった。

薄青い、勾玉の形をした石。

一部が切れた革ひもに結ばれたそれを、詠美は奇妙なものを見つめる視線で、しばらくの間眺め続けた。何かを思い出しそうな気がしたのだ。

突然、祖母初枝の記憶が、あの病室や、不自然にいい香りのした髪や、くちゃくちゃの印伝の袋、初めてした焼香の動作、兄の真新しいスーツのことを思い出した。そして、それらの記憶の奔流をぬって、祖母のあの言葉が浮かび上がってきたのだった。

——ふたっつ。ふたっつだかんね。

そうだった。

何故忘れていたのだろう。と言うより、どうしてこれがこんなところにあるのだろう。今までに何度も、このクローゼットは物の入れ替えを繰り返しており、特にこの一番下の引き出しは日常的に部屋着を出し入れしている。ここに入っているものは全て把握しているはずだ。

詠美は膝立ちになったまま、勾玉を左の掌のくぼみに載せた。それは幻でも記憶でもなく、厳然とそこに存在していた。頭の芯が痺れたようになり、不思議と目眩は気にならなかった。

そうだった。そうだった。

詩人になれますように。どうか、詩人になれますように……

あの瞬間の、高尚とも神秘ともいえる、恐ろしいほど重大な意味を持った願いが頭の奥深くから蘇ってきた。詩人になれますように。詩人になれますように。詩人になれますように。叶う願いはただ一つでも構いません。他のことは何も望みません。だからどうか詩人になれますように。

その重みは、火葬場という崇高と恐怖が入り混じった非日常の場がそうさせたのかもしれないが、あの時確かに、詠美は人生に唯一無二の望みとして、それを願ったのだった。

どれくらいそのままぼうっとしていただろう。膝が疲れて、詠美はカーペットの上で横座りになった。姿勢を変える時に握りしめた勾玉は、再び手を開いてもそこにあった。厳然としてそこにあった。眼鏡をはずし、明るいところで目を近づけてみると、表面に薄青いもやが侵入したように色づいていて、芯のほうはほぼ透明なようだった。材質は分からない。硝子《ガラス》ではなさそうだ。やはり石だろう。無数のクラックが縦横無尽に、立体的な地図のように走っている。やはり石だろう。水晶かもしれない。詠美は開運に効くと言われてそういう石を幾つも持っていた。結果から言うと、石が開運してくれたためしは一度もない。が、天然石は幾つか何となく見分けることができるようになっていた。水晶だろう。練りではなく、天然の。しかし、こんな不思議な色合いの水晶は、実物でも、ネットでも、都会で高級品を扱うショップでも、見たことがない。

詩人になれますように。

もし石が運を開いてくれた事例が一つでもあるとしたら、もしかしたら、あれがそうだったのかもしれない。

詩人になれますように。

詠美はぎゅっと目を閉じて、汗をかいてもいない額を拭った。

もし、そうだとすれば。

どうしてこの石のことを忘れていたのか全く分からないが、もし、もし本当に、この石への願いが叶ったのだとしたら、願い事はあと一つできるはずだ。

もし、そうだとすれば……

詠美は突然はっと気づき、石を手放した。石はカーペットの上に落ちた。それを革ひもを持ってそっと持ち上げ、クローゼットの引き出しに戻しかけて、やめた。

これに触れたままうかつに何かを望めば、それが最後の願いになってしまったりしないだろうか。だけど石から目を離したら、またどこかへきれいさっぱりと姿を消してしまったりしないだろうか。

しばらくの間迷い、詠美は、切れた革ひもを結んで石を首からかけた。大丈夫だ。あの時も、明確にこれが石へのお願いだと意思表示をして願ったことだった。意地悪な訓話のように、つまらない願いが片端から叶ってゼロになってしまうようなことは起こらないはずだ。それよりも、また目を離して見失うことのほうが恐ろしかった。我知らずのうちに、もう目眩も眠気も感じなくなっていた。

三冊目の詩集。いや、三冊目の詩集の商業出版。いや、三冊目以降の詩集たちの全ての商業出版？　それで本当にいいのだろうか？　H氏賞は？　中原中也賞は？　詩壇の賞を取れば次の詩集くらいしか商業出版はできない。三冊目以降の成功？　成功って何だろう？　詩壇で評価されること？　いやそれでは売り上げにはつながらない。売れる前提なら、商業出版という願いは入れなくていいはずだ。三冊目以降の商業的成功？　それ、大衆受けする詩を量産するってこと？　詩壇から最も軽蔑される、ただの低俗な詩集もどきの、ほら、ああいう……

詩人としてのあらゆる意味での成功？

いい作品？

大きすぎるのは無理。祖母はそうも言った。言った……よね？　言った。確かに言った。でも、詠美の詩人になりたいという望みは叶ったのだから、それは大きすぎる望みではなかったはずだ。

いや、しかし。

詩人にはなった。確かになった。だけど、それからどうなっただろう……

昔話では、欲をかくとなにかしらしっぺ返しが来るようになっている。詠美のその後の人生は、そのしっぺ返しなのだろうか？　あれも大きすぎる望みだったのだろうか。それとも、願いが叶うのには時効があるのだろうか。いやそれ以前に、願いが叶うメカニズムってどうなってるんだろう？　どうして二つなのか。物語の定番では三つが普通だ。それとも、ああいうのはやっぱり作り話だからで、現実は二つなのかもしれない。二つで充分ですよ、って、これ、何の台詞だっけ？

それとも、祖母が一つ、もう使ってしまったのだろうか？

だとしたら、その願いが何であったにしても、それは叶っているはずだ。何故なら、叶うと分かっていたからこそ、祖母は詠美にこれをくれたのだろうから。しかし祖母は何故、それを一人娘である母にあげなかったのだろう？　祖母は母を溺愛していたはずだ。

分からない。分からないことだらけだ。

もう当分トイレに籠《こも》ることはないだろう。詠美はサンダルをつっかけると、近所の短い商店街に向かった。目的があるわけではない。ただ、気分を変えたかった。もっとも、あまりにも日常でしかないその商店街で気分が変わるかどうかは定かではない。

人通りはそれなりにあった。みな詠美と同様、ご近所仕様の適当な服を着ている。詠美はまさにその中の一人に過ぎなかった。誰がこの太った女を、あの天才美人女子大生詩人の落窪詠子先生だと思うだろうか。

少し目が回る。平衡感覚がおかしい。

何よりもまず、この二十四時間三百六十五日どこかしらおかしい体調を治してもらうことを願うべきではないのだろうか。病院通いはだらだらと続けているが、どの科に行っても、そんなにひどくなる理由は分からないと言われるだけだった。年齢の割に不足しているものはたくさんあったが、何より堪えたのは、女性ホルモンが足りていないことだった。軽く更年期症状に近い、と。早々と店頭に並び始めたおでんの匂いが胃をむかつかせた。こういうのをなくして欲しいと願うべきだろうか。健康を、と。しかし、健康になったところで、この人生で何ができるというのだろう？　美と健康というのは一つの望みとしてカウントできないだろうか。せめて美を取り戻したら？　今のこのありさまから美しくなるところは想像もできなかった。物理的に無理だろう。大きすぎる望みになってしまうのではないだろうか。そもそも今美しくなったところで、無能で低収入な田舎の事務員であることに変わりはない。その容姿で寄生できる男を捕まえるより先に、女嫌いというより女子嫌いの兄に放り出されるだろう。

兄にとっても重荷でしかない自分。死んだ方がいいのではと時々思う。

時々、ではなく、わりとしょっちゅう思っている。常に思っていると言っても過言ではない。楽に死ぬことを願ってもいいだろうか。大きすぎる望みとは思えないが。持ってこなくてもいいと思いつつ持ってきたスマートフォンが振動する。その振動さえ辛い。画面を操作して、詠美はさらにひどい目眩に襲われ、電柱に寄りかかった。視界の端で、髪を染めた若いカップルが、せせら笑うような顔で振り返る。

テキストメッセージの主は流山晃司《こうじ》だった。何故この番号を知っているのだろう？　詠美は何年か前、折り畳み式の携帯電話からスマートフォンに乗り換えた時、番号を変えていた。みなみには連絡先は教えていない。いや、あの狡猾な女のことだ、自宅も番号も、もう何もかも調べ上げていたとしても不思議ではない。みなみが流山にわざわざそれを教えるとは思えないが、あの罪悪感というものをはき違えた男が、何らかの方法でみなみの情報をかすめ取っているのは考えられる。

このメッセージを消去してテレグラムというアプリをダウンロードしろという指示があった。目がチカチカする。頭痛の前兆だ。詠美は言う通りそのメッセージを消去したが、アプリはダウンロードせず、流山の番号をブロックした。

流山は、詠美が太ったことも、容姿を失ったことも、まだ知らないのかもしれない。そもそも彼が何故この番号を知っているのか。よりによってこのタイミングで連絡をしてきたのか。

もしかしたら、みなみが流山の手の届くところにわざわざ放置して、流山を近づかせることで取材に応じさせようとしているのだろうか。それともふたりはぐるなのか。あの整形した女を身近に置いている流山が、醜くなった詠美に純粋な気持ちを持っているところはまったく想像できない。

どぶ川に焼けた溶岩が流れ込む。鼻をつく臭気。

いっそあの石に、流山の気持ちを自分に向けさせることを願ったらどうだろう？　みなみのプライドはずたずたになるだろう。

それだけだが。

ただ、それだけだ……

下らな過ぎて涙も出ない。

代り映えのしない日々――地層になるほど手垢《てあか》の積もったこの表現がまさにぴったりだ――は、ただ過ぎていった。言われた通りに仕事をし、家と職場を往復し、忙しい兄の分も家事をする。詠美は、時々ふいに襲ってきた目眩が、いつの間にか、いつでもすぐ傍にいるのを感じるようになった。いつでも目眩がする。そうひどいものではないのだが、久しぶりに長い間電車に乗った日の夜、布団に入って目を閉じるとやって来る、あの執拗な揺れの残滓のようなやつだ。水曜日になると、いや違う、木曜……そう、もう木曜日だった、詠美は仕事の帰りにATMで貯金を全て下ろした。四十万もない。それを用心深く斜めがけにしたバッグの底にひそませると、短い商店街の端にある、ありふれたチェーン店のカフェでカフェインレスコーヒーを飲んだ。

石は外には持ち出さなかった。いろいろ考えて、やはり例のレジャーシートの下にしまっておくことにしたのだった。

マホガニー材と重厚な黒革に見える合板と合皮の椅子に深く座ると、まず肩ひもをかけたままのバッグを腹に抱え込んだ。夕方の時間帯に合わせたジャズ風の軽音楽は耳元をかすめてゆくばかりだった。コーヒーは特に不味くはないが、何か古いビスケットのような匂いがする。が、コーヒーを口に含まなくてもその匂いは消えなかった。自分の嗅覚の方が変なのだ。

もう限界かもしれない。何が？　いや、何もかもだ。

「先輩。それともやっぱり先生とお呼びした方がいいかしら？」

突然頭を殴られてもこれほどには驚かなかっただろう。みなみはピンクベージュのシャネルスーツ――おそらく本物――を着て、華奢なリングを幾つも重ね付けした手に不釣り合いなこの安いチェーン店のマグカップを持ち、滑りこむように詠美の向かいの席に腰を下ろした。この商店街でシャネルスーツとは滑稽にもほどがある。自分が追いつめられたことに気づくより先に、詠美はそう思った。

「ここ、いいですよね？　先輩、お一人ですもんね」

隣の席との間仕切りと柱に挟まれた、誰にも邪魔されない席は、突然詠美の味方から敵に転じた。逃げられない。みなみがどいてくれないと、この席からは出られないのだ。

「別に今日は取材とかじゃないです。ただぁ、お互い創作の世界に身を置く者同士、ちょっとお話しできないかなと思って。私もいろいろ悩みがあるんです、こう見えても。でも、友達と呼べる人にこの世界の仕事を知っている人はいないし、同業の知り合いは結局みんなライバルだし、っていうか、なんか……相談とか、本音を言える相手とか、いないんですよね」

流山はどうなのかと言いかけて、やめた。あの男が作家の相談に乗れるわけがない。

「いやー、なんか、作家志望者の人たちの作品と、ちょっと、関わるような仕事をしたんですけど、しんどくて……」

何かの新人賞の下読みをするほど偉い作家とは思えない（詠美も少しは中央の事情は知っている。もっとも、詠美の情報は十年ほど更新されていないが）。この女なら、正式に下読みとして関わったのなら、自慢げにそう言うはずだ。しかも、下読み、ではなく予備選考委員、と。

「予選に通っただけで舞い上がって仕事辞めること考える人とか、多くて」

張りぼての軟体動物がうごめく。赤すぎる口紅に並んだ、白すぎる歯。捕食者のふりをした風船。

「だいたい、新人賞とってデビューしたって、まあ九割がたは二冊目で消えるんですよね……。同期みたいに思ってた人たちも、私が三冊目を出したら、何て言うか、お互い気まずい感じになったって言うか、なんか……ねえ。縁が切れちゃってて……」

分かるでしょ、と言わんばかりの上目遣い。詠美は明日のごみ捨てのことを思う。あの眉毛はアートメイクという名の入れ墨なのだろうか。斜め向かいの席のサラリーマン三人組がうるさい。「霊安室」の野菜たちを捨てなければ。冷凍庫の一番小さな引き出しを、詠美はひそかに「霊安室」と呼んでいた。冷蔵庫の中で傷ませてしまった食べ物を燃えるゴミの日まで保存しておくのに使っている。放っておくと兄は傷んだ食べ物でも大丈夫だと言って食べてしまうので、詠美が葬儀屋の役を引き受けている。

明日こそは「霊安室」を空にしなければ。

足元に何か落ちている。前の客の残していったストローの袋だ。

「なのに、ですよ？　予選なんて、ほんとにゴミを捨てる作業でしかないのに……ほんとにただ紙を文字でかろうじて埋めました的な？　ちょっと中学の問題集からやり直した方がいいような日本語の人がねえ……多いんですよ？　国語を勉強して長編を書くのが一番プロになる近道ですけど、頑《かたく》なに勉強しようとしない人ばっかり！　まだ長編は書けないから短編書きますって人も多いんですけど、んー、短編はー、んー、短編の賞ってー、取ったって何にもならないんですよねえ。地方自治体が主催する短編とかぁ、ねえ。ムダなんですけどねえ」

裸で紙やすりの上を滑り落ちてゆく感覚。

この人は、張りぼての姿さえ借りものなのだ。確証はないが、誰かの受け売りなのだ。もっと偉い、そう、こういう話をしても様になるだけの偉い誰かの。

外を救急車が通る。サイレンがドップラー効果を起こす。

目が回る。

「なのに、アタシはまだ長編を書くには力不足なのでぇ、まずは短編を書きまぁす、って人、多くないですか？　逆ですよ？　ていうか、ですよ？　フィクションでもノンフィクションでも、長編って、技術と取材でカバーできますけど、短編は才能がないと書けないものですよ？それが分かってないっていうか、ねえ？」

紙やすりは谷底が見えない。

下ろしてきた貯金の入ったバッグを抱え直した。まるで、みなみから守ろうとするように。

カフェに流れている音楽はジャズっぽい何かだったが、詠美の頭の中で繰り返されているのはカレールウのＣＭソングだった。

「ていうような話をしてやると、なんかしたり顔で反論してくる人たちも後を絶たないっていうか、なんかもう、たとえプロになっても一作で消えるような人たちが何言ってるのかって思いますよ。こっちはちゃんとしたアドバイスをしてるのに、なんか、そういう時のプロって、損な役回りですよねえ。そう思いませんか？」

すり鉢の底には無数の死体が引っかかっている。傷だらけの死体が。赤い唇の女が、それを見下ろして嗤《わら》っている。

トイレに行きたくなったらどうしよう？

「あー、なんか、私ばっかり喋っちゃってすみません。ていうか、先輩、何でも愚痴っちゃってくれて全然ＯＫなんですけど？」

「お金がないの」

「……え？」

「詩集を出すお金がないのよ。さあ、これで充分でしょう？　惨めな貧乏詩人の記事なんか、誰も読みたがらないでしょ。残念でした」

詠美は立ち上がると、柱とテーブルの隙間を無理やり通って席を離れた。マグカップがテーブルに当たる音と、キャッという悲鳴が聞こえたが、後ろは振り返らなかった。

コーヒーまみれになったシャネルスーツで家まで追いかけてくる根性は、あの張りぼてにはないだろう。

殺意というものがどこからやって来るのか、分かったような気がする。それはあのすり鉢の底に集められた、血や肉や骨の混ざった、腐った混沌の中からだ。

助けて。助けて。

ここから助けて。

どうか助けて。

どんな形でもいいから、ここから助けて。

石を握りしめて、ただただそう願った。助けて、と。

あれはいつだっただろう。自覚したのは就職活動のさなかだった気がする。一冊目を出版した時点で詩で食べていける人間などいはしないと思い知らされていたので、就職はするつもりだった。もっとも、二冊の詩集の存在が足枷となった。黙っていても、当時すでにかなりマスコミに顔が出た人間だ、田舎ではなおさら隠しておくことはできず、大学ではあの卑猥な詩集のせいで就職がままならないと噂になった。実際のところはどうだったのか定かではない。単に詠美が無能だっただけという可能性も捨てきれない。それでも、自分の矜持は別なところにあると信じていた。それだけは。その矜持が薄い外骨格だった。

自分には詩がある。たとえ父親のコネを最大限に駆使して昇給も昇進もはなから存在しない仕事に就くのがせいぜいだったとしても。

いつものようにノートを手に取り、こだわりのデッサン用鉛筆を握れば、

何もない。

何もなかった。ただ鉛筆を握っているだけだった。何も思い浮かばず、何も書けなかった。抑えても抑えても沸き上がって来るあの言葉たち、全身からほとばしり出るような、耳を塞いでも脳に侵入してくる音楽のような、あの詩想、あの恍惚感、叫び出したくなるほどの霊感も、何も、何もなかったのだ。

この恐ろしいほどの鈍感さ——しかしその鈍感さにショックを受ける心さえ鈍っている——は何だろう。それはある日突然やって来たのだった。本当に突然、線を引いたこちらとあちらのようにはっきりと、何も書けなくなっていた。小手先の技で言葉を並べることさえできない。就職活動で疲弊した心身が癒えれば元に戻るだろう、卒業論文で頭を酷使しているからスランプなだけだ、どんな大作家にも書かない時期、書けない時期というものはあるはずだ。焦らなくていい。いや、ほとんど焦ってさえいない。この鈍感さは何なのだろう。

助けて。今すぐここから助けて。今すぐに！

あの日のことを思い出しながら、詠美はただただ石を握って居間に転がり、願い続けた。本当なら、あの日に願うべきことだったのかもしれない。

無いのは詩集を出す金だけではなかった。もう才能がないのだ。霊感がないのだ。言葉もなく、出版すべき詩自体が存在しないのだ。

どれくらいそうしていたか記憶がない。

兄が帰ってきたことさえ気づかなかった。兄に揺すり起こされ（詠美が居間で居眠りをしていると思ったのらしい)、初めてもう夜の九時を回っていることに気づいた。夕食の準備は何もしていない。

「何それ?」

詠美がのろのろと立ち上がって台所に行こうとすると、洋一は詠美の左手を指さして言った。

「別に……」

詠美はより一層きつく石を握ったが、兄は詠美の手からだらりと下がった革ひもをもう摑んでいた。

「見して」

洋一は無自覚に独裁者的な気質がある。何となく、これを見られたら子供の頃のように取り上げられるような気がした。が、詠美は諦めて掌を開いた。望みはもう二つ言ってしまった。今取り上げたからといって、その権利まで兄のものになるわけではない。

その不思議な色合い、勾玉の形に沿って色がつき、芯は透明という、石とは思えない神秘的な姿のその勾玉を、洋一は一目見てはっと息を飲んだ。

「うわ、これ……」

「お守り。初ばあちゃんからもらったやつ」

詠美は聞かれもしていないのに、言い訳するように答えた。

「懐かしいな。これ、俺が小坊の頃、縁日で買ったやつだわ。お守りってほどのもんじゃねえよ。いちおう天然の水晶だけど、染めなんだよな。中学の頃知って、なんかがっかりして、どっかやっちゃってたやつだ」

「染めって……？　石を？　石なんて、染められるの？」

「あのー、ほら、石を加熱して、膨張させるだろ？　そうすると、クラックに染料が入り込むんだよ。へえ。ばあちゃんがとっといたのか。ばあちゃんらしいわ」

洋一は関心を失ったように、それをほいと詠美に返してきた。

「飯、コンビニで何か買ってくるわ。お前、夜は麺じゃないほうがいいんだろ？」

その夜は洋一が買ってきた天津飯を食べて、死んだように眠った。


朝、兄が出勤した後、詠美は職場に休みの連絡を入れた。理由は体調不良だ。詠美がいなくて回らないような仕事は無いが、上長は渋った。詠美が自分の意志で休みを取るという、その行為自体が気に入らないのだ。どうにか労働者の権利のおこぼれに与《あずか》ると、詠美は用意していたファイルに有り金すべてと、メモ書きを入れた。

シミュレーションは何度もした。いわゆるイメージトレーニングというようなことも。何故と問う者もいないだろう。理由は一目瞭然だ。

詠美はトイレで朝食を戻した。ほとんど消化されていない。こういうのを「身体は正直」というのだろう。下痢もした。出るものは出尽くしたが、炭水化物の時間はやってこなかった。それでいい。昼頃、使わない食器を突っ込んである棚から、数週間前に買っておいたパッケージを取り出した。パッケージから中身を取り出し、刃の表面をじっと見つめる。近所のスーパーで売っている包丁の中では一番高い肉切り包丁だ。これで足りるのだろうか。遠くの専門店に行って恐ろしいほどの切れ味のものを買うことも考えたが、明らかに様子のおかしい客として通報される可能性もゼロではないと思い、やめたのだった。第一、この手のことはほとんど身近な道具で成し遂げられているものだ。人一人死なせるのに、専門的な道具は必要ない。

痛みはあるのだろうか。

そんなことを考えても仕方がないが。

詠美は包丁を食卓に置くと、自室にレジャーシートを取りに行った。あの石は……そう、結局ただの石だった、あれは、レジャーシートを出した後の引き出しに置いた。祖母の形見であるには違いない。捨てることはしなかった。

ファイルに入れたものをもう一度確認した。現金とメモと、パンフレットが幾つかだ。パンフレットは、安い葬儀屋のものと、海洋散骨の会社のもの。メモは透明なファイルの外側からも見えるように入れる。これは兄のためでもある。すべては私のせい、洋一には一切責任はないことを書いてある。どこに置くか迷ったが、玄関の上がり框《がまち》のすぐ上に置いた。

台所にパッケージを捨てて、包丁とレジャーシート、そして少し考えて、スマートフォンを持っていった。

空の浴槽に入る。その上にレジャーシートをかぶる。浴室の明かりが半分ほど遮られ、カラフルな色に透けて見える。

包丁は足元に置いたまま、しばらくは読むともなくネットニュースをフリックし続けた。どれくらい時間が経っただろうか。何度かトイレに立ち、また浴槽に籠る。一度胃液を吐いた。怖いわけではない。ないのだが、これを本能というのだろうか。実行はできなかった。包丁の刃元のところで少しばかり左の掌の、手根のあたりにごく薄く傷をつける。痛い。しかし思ったほどではない。血が滲み、二、三滴、手首を伝う。服の上に垂れる。が、その血は目立たなかった。黒のスウェットパンツに、めったに着ない――もしかしたら無意識のうちに今日のために買っておいたのかもしれない――赤いカットソーを着ているからだ。

生理の時のそれと似た匂いがする。鉄じみた匂い。

詠美は読むともなくシャンプーの容器の注意書きを読んだ。――指通りのいい、なめらかな髪へと導きます。いかにも清潔感を強調した謳い文句。

もちろん、首吊りも身投げも考えた。だが、条件の第一は、できるだけ兄に迷惑をかけないことだった。どのみち迷惑をかけることに変わりはないのだが、できるだけ面倒を最小限にしたかったのだ。身投げは後始末が大変だ。首吊りも、その姿がひどく醜いと聞いている。発見した者、つまり間違いなく兄だが、その気持ちを考えると、できるだけ気持ち悪くない姿でいたほうがいいだろうと思ったのだ。血塗《ちまみ》れなのも嫌には嫌だろうが、目玉や舌が飛び出て首が伸び切って失禁しているのよりはましだと思うのだ。それに、家の中には首が吊れるような場所がなかった。鴨居は自分の体重で折れるところしか想像できない。ましてやドアノブなどひとたまりもないだろう。ベランダの鉄柵はどうだろうか。外に死体がぶら下がるのは、兄だけではなく近所に迷惑だ。痙攣《けいれん》してバタバタしているうちに通報されて失敗するのは論外だった。それ以前に、体重を支え切れる結び目を作れる自信がない。成功率は首吊りが一番とも聞いているが、ネットには、首吊りに失敗して障害を負ったという書き込みがいくつもある。そう、失敗だけは避けたかった。飛び降りも、失敗すれば成功の何百倍も悲惨だ。首から下が麻痺して自殺もままならない身体になったら話にならない。入水も電車への飛込みも同じだ。死体の回収にも迷惑が掛かりすぎる上、身元確認や葬式の時、兄に嫌な思いをさせる。

手根をもう少し深く切ってみる。台所で肉をさばく時の感触に似ている。

手首など切ってもそうそう死なないことは知っていた。手首は鉈《なた》で切り落とすくらいでないと死ねないと。鉈は手に入るだろうが、そんな力はない。第一、両手は使えないのだ。

動悸がひどい。また包丁を置いてネットニュースに見入る。言葉は全て無意味に流れていった。手についた血で白いスマートフォンに赤い指紋がいくつもつく。早くしないと、達成する前に兄に見つかってしまう。

兄は今日は少し帰りが遅いはずだ。食べて帰るほど遅くはないようだったが、詠美は、今日は外で食べてきてくれるとありがたいとＬＩＮＥを送っておいた。第一発見者に夕食を食べている時間など、ありはしない。

早くしないと。

早く。

もうスマートフォンのバッテリーが切れる。そうしたらふんぎりがつくだろう。詠美は突然、ＰＣに残っている原稿のことを思い出した。消去しておくべきだっただろうか。古いダブルクリップに挟まれたプリントアウトもだ。二束三文の価値さえもない、あの頃の面影など欠片もない、ほんの少量の原稿。無理矢理ひねり出してみたものの、それは無残な駄作ばかりだった。霊感の失われた詩人など、使用済み出汁《だし》パックほどの価値もない。今からでも部屋に戻って消去するべきだろうか。いや、詠美は思い直した、ＰＣに血の跡がつくのは嫌だ。後で皆は思うだろう。こいつ、自殺の途中でパソコンいじりに来たよ、と。

この世の全ての本、いや、本にさえならない小さな作品、詩や小説に数えられないほどの未熟な作品に至るまで、全て、全てに著者がいる。それを産んだ産みの親がいる。血を分け、肉を分けた人間がいる。だが、それらの大半は日の目を見ることさえなく、この世のどこかに埋もれて、やがて塵となって消えてしまう。そのはかない命を茶化す者、踏みにじる者、嗤う者たちに満ち満ちた世界……それがこの世だ。

耳の下の拍動があるところを切ればいい。よく三文小説に書かれるような「喉笛を掻き切る」のでは駄目だということは調べがついていた。もっと横の、拍動が触れるあたりを切るのだという。

動脈が切れれば血圧で血が吹き上がり、数秒で意識を失うというが……。本当だろうか。そのためのレジャーシートだ。天井に飛び散った血を兄に掃除させるのは忍びない。もっとも、成功した人の書き込みは少なくともこの世のネットには存在しないので、真実は何とも言えない。

バッテリーが切れた。

詠美は血のついたスマートフォンを浴槽の底に放り出した。

市が夕方に流す童謡のチャイムが聞こえる。

まずい。もうそんな時間なのか。

耳の下あたりの拍動を何度も確認し、薄い傷はすでに何本もついていた。思ったほど痛くない。というより、ほとんど痛くない。手はもう血でべたべただった。

理由はなかった。しかし決断は突然やって来た。

喉の左側に切りつける。ぬるくなった味噌汁を襟首《えりくび》にぶちまけたような感触があった。不思議なことに痛みはなかった。しかし、シートに血が噴き出すことはなかった。失敗だ！　意識も遠のかない。焦りが一気に押し寄せ、右側も切りつける。が、やはり血は吹き上がらなかった。

息が荒くなる。急に暑苦しさを感じ、シートをはねのけた。視界が突然白濁した。右手の指で左の傷口の中を探った。傷口は相当深く、人差し指の第一関節はすっぽりと中に納まった。油っぽくぬるぬるした肉の感触は、鶏肉の皮を剝《は》ぐ時のそれにそっくりだ。違いは温度だ。温かい。それでも傷は動脈には到達していない。肉の中で指先に拍動は感じる。が、分からない。動脈がどこか分からない。指を突っ込んでも、その触れる感触はあるが、指先が触れた部分は特に痛くはなかった。再び包丁を持ち上げて刃先で傷口を探ろうとしたが、もう手に力は入らなかった。鈍い音を立てて、浴槽に包丁が落ちる。血の筋が痕をひく。

首を持ちあげておく力も次第になくなり、浴槽にぬめるこめかみをもたせかけた。これほど大量の自分の血を見たのは初めてだった。しかし意識は薄れなかった。動脈が切れていない。これでもいつかは失血死できるだろう。が、兄に見つかるのが先が、死ねるのが先か、分からない。息はますます荒くなった。出るものはもう出尽くしたと思ったが、尻に脱糞した感触があった。

どれくらい時間が経ったのか分からない。ただ息だけが荒く、腹筋が悲鳴を上げた。苦しい。腹筋が痛い。苦しい。走馬灯など見えはしない。川も、お花畑も、その向こうから手を振る誰かもいない。死神さえ来ない。あるのはただ現実だった。喉元が痺れ、血が流れ、腹筋が痛く、孤独だという、その現実だけだ。恐怖さえも無い。浴槽の中で必死に姿勢を変えようとしたが、四肢に力が入らない。血のぬめりで手が滑る。しかし苦しい。腹筋が痛い。ただただ腹筋が痛い。腹筋の動きは自分では止められなかった。せめてもう少し身体を伸ばせれば。

いつもの何倍にも重く感じる身体を、文字通り最後の力を振り絞って浴槽から這い出させ、洗い場に倒れこむ。左の肩と腰を相当強く打ったが、痛みは感じなかった。赤い軌跡がその短い旅路を彩った。狭い洗い場だが、浴槽よりはましだった。しかし、腹筋の痛みを和《やわ》らげることはできなかった。頭の中で聴こえない音域の警報音ががんがんと鳴り響き、頭蓋骨の中を圧迫した。

わけもなく涙がこぼれ落ちたが、すぐに止まった。いや、止まったのか、血と混じって感じなくなったのか、どちらだろう。ほんの少しずつ頭がぼんやりしていったが、意識はなくならなかった。今はただ痙攣するように荒く息をする腹筋を止めたかった。腹筋が痛い。腹筋が痛い。もう腕にも力が入らなくなり、いよいよ寝返りも打てなくなった。

耳鳴りの中で、聞き慣れた鈍い音がする。

玄関の鍵を開ける音だ。兄が帰ってきたのだ。どたどたと廊下を走る音がする。遺書がわりのメモを見たのだろう。家の中をあちこち走り回っている。そして廊下の端の風呂場にやって来た。

見つかってしまった。詠美の名を何度か呼ぶ。見つかってしまった。あとはもう記憶が定かではなかった。救急車のサイレンの吹鳴《すいめい》を大音声で聞いたのと、揺れる感触だけは分かった。

腹筋が痛い。この腹筋の痛みだけでも取ってくれればいい。望むことはただそれだけだった。

尻を拭かれる感触があった。

顔に誰かの手が触れる。

耳元で何かがピーピーと電子音を立てる。

広い録音スタジオのようなところで、口元に何かが挟まっている。手で除けようとすると、女性の声が、大久保さん、それは息をするのに大事なものだから触っちゃ駄目、という。口元の何かは喉につながっていた。

青空に雲が流れる。

キラキラと輝く何か。

夕暮れの体育館。出入り口のところで、兄と誰かが喋っている。「大丈夫」という言葉だけが分かった。

脚に柔らかいものが触れる。

誰かが頭の上で喋っている。意識がどうしたという言葉。

大久保さん、大久保さんと何度も呼ばれ、目を開けたつもりだったが、ぼやけていて何も見えない。

誰かが右腕に触れた。また夕方の体育館だ。

揺れる感触。「病棟に移しますね」という男性の言葉。兄の声が何か答える。

目を開けると、四角い窓と青空らしきものがぼんやりと見えた。視界はあの時ほどではなかったが、白濁している。寝かせられていることに初めて気づく。周りで何人もの人の話し声がするが、何故か外国語のように意味が取れなかった。ただ、左腕に軽く触れられる感触があり、兄が「心配すんな。あとは寝てればいいから」と言ったのだけが分かった。
鼻と口に透明な酸素マスクをつけられていた。腕を持ち上げようとしたが、重くて断念した。

いくつもの電子音。

目を覚ますと、夜らしかった。やっと少し左腕が持ち上がる。点滴の管がついている。指を動かそうとしたが、思うようにいかない。視界の隅にどうにか入った手には、拘束用のミトンらしきものがはめられている。

朝かもしれないし、夕方かもしれない。兄がいた。点滴のパックと白い天井。曇り空ののぞく窓。あたりはざわついていた。電話の鳴る音や電子音、人がひっきりなしに行き交う気配がした。兄はいつもとまったく変わらない態度で「ああ、起きた」と言った。
視界は少しは良くなった気がするが、まだ漠然と白みがかって見える。よく見えないのは眼鏡をかけていないせいだけではない気がする。
「親には言ってない。面倒くせえし。ごめんな。なんか。お前にいろいろ頼りすぎてたわ、俺」

「……ちが……いしょ……」

「まだ喋んなよ。読んだよ。だけど、俺は俺で思うことがあんだよ。お前さえいれば結婚とか家事とか、なんか面倒くせえことから逃れられるみたいに思ってたかもしんない」

「ちが……」

「いいから喋んなって。そうだ、会社は病気で退職にしといた。しばらくぶらぶらしてればいいよ。そうしててくれた方が俺も気が楽だわ。働きたくなったらまた親父にコネ出させてどっか就職してもいいし、パートでもいいし」

「あいがと……ひとつおえが……ほうちょ……すてといて……」

「何言ってんだよ、あれは警察が持ってった」

「けい……?」

「あれさ、本人の遺書があっても、一応警察は調べんだよ。俺もあの日、夜中の三時まで警察にいた。お前が死ななかったのを確認してから帰された」

「……ごめん」

「だから気にすんなって。いいから。また明日来るわ、ああ、そうだ、これ、ここに置いとくわ」

洋一が見せてきたのは、普段の彼ならば絶対に足を踏み入れないような、若い女性に人気のコスメブランドの紙袋だった。

「ハンドクリームとか何とか入ってるみたいだ。とりあえず置いとくわ」

同室の患者たちに夕食が出される時間、看護師から聞いた日付けは三日経った月曜日で、場所は県庁所在地の大学病院だった。

初枝が亡くなった、あの病院だ。

目を閉じると、様々な印象がまとわりついてきた。布団の立てかけられた壁。母の実家の農具小屋。タンポポの野原。温泉。子供のころ住んでいた家の、ブラウン管テレビとこたつの部屋。行ったこともない豪華なレストランや、朝陽の昇る海岸、赤いビニールレザー張りのスツールが並んだ昭和のバー。目に見えるというより、その場にいる感覚だ。夢を見ているというより、ただ自動的に考えが流れてゆくようだった。目を開ければ救急病棟の四人部屋。目を閉じれば、睡蓮の温室に、寺の廊下。ガラスのティーセット。

首には何かが巻いてあるか貼ってあるかしてあり、薬が効いているからだろうか、痛みはごくわずかだった。足の付け根からされた動脈採血の方がはるかに痛い。頭を動かすことはできなかったが、音や声でだんだん周りの様子も判ってきた。右隣のベッドには老齢の男性、向かいには中年の女性、斜め向かいには、年齢の分からない女性がいるようだった。向かいの中年女性は時々長い独り言を言い、隣の老人は田舎の病院に戻りたいと言って看護師や面会の家族を困らせていた。毎日ポータブルのレントゲン撮影隊が回って来る。毎日撮らなくてもいいだろうと思ったが、免疫力の落ちている患者は、いったん肺炎になるとあっという間に進行してしまうとどこかで聞いたことがあるので、それも仕方がないというところだろうか。

意識が戻った翌日——多分翌日——には、横向きに寝返りを打たせてもらった。ひっきりなしに鳴る電子音や、プライバシーの欠片もない緊急の電話、謎の太鼓のような音で、眠りは浅かった。翌朝になる頃には、謎の太鼓の音は自分の心臓の音だと分かった。酸素マスクが外される。救急車からかかって来る通信は脳卒中や子供の眼球の損傷などを告げていたが、プライバシーがないことはさほど問題ではなかった。飛び交う言葉のほとんどが専門用語なので、門外漢には何の情報も与えない。詠美がこの病棟にいる間、あと一人の自殺企図があった。そう、やはりうまくは行かないのだ。

暗い縁の下で、青い紐に追われた。音楽の授業で聞いたバレエ音楽の断片が何度も繰り返す。日の当たるベランダに、何か花のような、香水のような香りが漂っている。何度か頭部の造影のため、ストレッチャーで検査室に運ばれた。確か水曜日だっただろうか、兄が帰った後、口から胃に管を通して栄養剤が与えられた。点滴は数が減ったが、おむつと導尿管はつけたままだった。

そう、救急病棟には、必要最小限のプライバシーしか存在しない。患者も看護師たちもプライバシー感覚が狂うのか、そこでは何もかもがあけすけに語られた。隣の老人は近代的な病院の悪口を言い、その枕元では親族たちがあからさまに金勘定の話をした。どこかの病室からは子供の泣き声が聞こえる。詠美の病室の向かいのナースステーションでは、看護師や助手たちが先週末の合コンの話に花を咲かせ、職場の露骨な噂話に興じ、ある男性看護師のところに電話がかかってきていないかどうかを話題にした。奥さん、やきもち焼きだもんねえ、夜勤の時、いーっつも何回も何回も電話かかって来るよねえ。

独り言を言う中年女性は転科せずに退院した。

古びたショッピングセンターで、小学校の頃の友達がビニール袋を売っている。目を閉じた時に視界の隅でうごめいていた何かは見えなくなった。男性の看護師が頭を洗おうと言ってやってきた。起きられもしないのにどうするのだろうと思っていたら、頭の下に吸水ポリマーシートを敷いて寝たまま洗えるのだという。これはちょっと手強いね、と言って彼は笑った。そうだろう。髪は血を吸い込んだままだ。職場の廊下に、緑と紫の蛸《たこ》がいる。

点滴の数がさらに減り、危険なことは何もしないと約束して、手のミトンを外してもらった。ベッドの上半身が起こされ、ストローで小さな紙コップの半分ほど水を飲んだ。平衡感覚がおかしい。目を閉じて見るのは、徐々に普通の夢になっていった。もっとも、相変わらずこではほとんど眠れはしないが。

重湯《おもゆ》から粥へ。おむつを外して車椅子でトイレへ。身体は異常に重い。いや、もともと重いのは分かっているが、そういう意味ではなかった。ほんの数日寝ていただけで、身体は想像を絶するほど衰えるのだ。

金曜日になると、それまでにも何度かやって来た精神科の医師——細面《ほそおもて》の、優しい口調の青年——が来て、その優しい口調で閉鎖病棟への四十二日間の医療保護入院を告げた。明日の土曜日に精神科に移送されるとのことだった。

精神科……。詠美は、自分が精神科の治療対象だということに驚いた。自分が何かの病気だとか、心身何とかの状態だとは考えたこともなかった。治療対象、ということは、何か薬などを投与すると、何かがよくなるはずだということなのか。良くなる……しかも医学的治療……想像したこともない。

自分が落ちていた泥の沼にロープを下ろす人がいるとは、そんなロープがあるとは、ちらりと考えてみたこともなかったのだった。


夢の中で、もう何年も会っていない作家がやって来た。あの頃に東京で何度か会った、同じ頃にデビューした小説家だ。彼はとうに名声を確立して、詠美とは全く違った世界で生きている。その作家がやって来て、どぎついオレンジ色の紙袋を枕元に置くと、「俺に助けを求めるなら、夢の中じゃなくて現実に言ってこい」と言って去っていった。

死にたいという気持ちがなくなったわけではない。しかし、失敗するのは嫌だ。精神科に移送される前の日、喉のシートがはがされ、半抜糸が行われた。もう抜糸してしまうのかと思うと恐ろしかったが、外科らしき女性医師は、傷口が開いたらまた縫えばいいだけだから大丈夫と言った。

人間はほんのちょっとしたことで簡単に死んでしまうものでありながら、確実に死ぬのは難しかった。できるだけ後始末が簡単で、確実に死ねる方法はないのだろうか。神か悪魔から遣わされた、確実に死ぬ薬——それはより厳密に言えば薬ではなく、死そのものだ——を配って歩く何者かを想像してみるが、想像したからといってその何者かがやって来てくれるわけではなかった。最初は両手がミトンで拘束されていたことから察するに、病院の中で再び死を模索する行動に出る患者もいるのだろう。しかし、ただでさえ死ぬのに失敗しているのだ。病院の中にいれば、なおさら失敗の確率は高くなる。そして後遺症ばかりが重くなる。それに、だ、詠美にはもう行動する気力は残っていなかった。

誰一人として責めるようなことも、諭《さと》すようなことも言わなかった。

あの兄でさえもだ。

その意味は重い。

救急病棟では午前中の時間がある時に、持ち物のチェックが行われる。人の出入りが激しい救急病棟ならではなのだろうか。詠美の持ち物はほとんどなかった。集中治療室で着せられていた手術着のようなものは、おむつが外された頃には脱がされ、兄がネットで買った前開きの浴衣式の寝間着に着替えさせてもらった。あとは使っていないタオルと、昨日兄が慌てて持ってきた靴、そして例の、お洒落なコスメブランドの紙袋だ。

斜め向かいの女性は、声からすると三十代くらいだと思っていたが、実際に見てみると、かなりの年配だった。彼女のところには面会者はほとんどいない。その一方で、何かの専門医や教授たちがひっきりなしにやって来て、互いに長い専門用語を言い合った。彼女の持ち物の点呼も短かった。タオルやパジャマの他に読み上げられるのは一冊の本だけだ。

土曜日の昼前、例の精神科の医師と看護助手らしき職員が一人やって来て、車椅子の準備をし始めた。荷物をまとめるといっても、詠美の荷物は膝にのせて行ける程度しかない。点滴のパックが車椅子につけた架台に移されている間、斜め向かいのベッドでは、朝の荷物点検が始まったところだった。

「タオル二枚と、バスタオル一枚、手提げバッグが一、ティッシュが一、えーと、障碍者手帳、本一冊、ね。ねえねえ村上さん、その本、なぁに？」

時間がある時、看護師たちは患者の話し相手になった。テレビも何もない救急病棟で、患者たちの認知機能を保つためなのかもしれないし、純粋に優しさからかもしれない。救急病棟ならではのあからさまな好奇心からかもしれない。

「ナイショ」

斜め向かいの女性は酸素マスクの下でくすくす笑った。

「大事な本なのぉ?」

「そう。すごく大事な本なの」

「えー、ちょっとだけ見せてよぉ」

「ちょっとだけ、ね」

女性はまた嬉しそうに笑った。

「えーと、スフィンクスの……スフィンクスの乳房? え、何これ? あー、詩集?」

ぴりりと痺れるような感覚が詠美の全身に走った。

「すごーく大事な本。でもやっぱり中は見ちゃ駄目。だって、えっちな本だから」

「えー、そうなの? えっちな本なの?」

看護助手が詠美の足が車椅子の足台に乗っていることを確認すると、車輪のストッパーを外す。

「そう。難しくてね、本当は何を書いてあるのかよく分かんないの。だけどね」

女性はまたくすくすと笑った。

「それを読んでるとね、あたしね、なんかね、ああー生きてるー、って気がするの」

「それじゃ、大久保さん、行きましょうか」

医師が柔らかい声で言うと、車椅子は救急病棟の病室からするりと滑り出した。


ああー生きてるー、って気がするの。

ああー生きてるー、って気がするの。

ああー生きてるー、って気がするの。

薬のせいか消耗のせいか、心は無感覚なままだったが、その言葉は何度も詠美の脳内で繰り返された。あの頃、数々のファンレターをもらい、ネットにも賞賛から誹謗中傷までありとあらゆることを書かれ、東京の書店でサイン会もしたが、自分の本に「読者がいる」という実感は何故か湧かなかった。だが今、確かな感触をもって、あの本が生きていることを感じられた。いる。いるのだ。読者が。読者がいる。少なくとも、あの本には。

精神科の閉鎖病棟では、モニターカメラ付きと説明された個室に入った。点滴も最後の一つが外され、重い体の奥に久しぶりに空腹のような感覚が芽生えた。

ああー生きてるー、って気がするの。

その言葉を思い出せば出すほど、ひび割れた地面に何かがじわじわとしみ込んでいった。何か今までに知らなかった感覚がどこかでうごめいていた。

すり鉢の底に穴が開いた。

生きている。少なくとも、私の本は生きている。

ただ私が知らなかっただけだ。

精神科では抗鬱剤と抗不安剤、眠剤の投与が始まった。副作用の様子を見ながら少しずつ量を増やしてゆくだけで、他にすることはない。テレビは許可されたが、内容は右から左へと流れていった。それでも何も無いよりはましだった。

髪はその後三ヵ月ほどの間、洗うたびに獣の匂いを発した。その髪もごっそりと抜け、目は完全には元に戻らなかった。顎と舌に麻痺が残り、食べ物の飲み込みにはかなりの労力を要する。

「ちょっとは喋れるようになってきた？」

抜糸にやって来た医師は、見た記憶のない、中年の男性だった。助手の女性に詠美の傷口を見せながら専門用語で何かを説明すると、小さな鋏《はさみ》で残りの糸を一つずつ切っていった。

「喋れるよね？」

「……はい」

「よかった。救命を優先したから、神経はつないでないんだよね。まあ、どうしてもまずかったら再手術っていう手もあるけど、いじらない方がいいこともあるから」

「なえうしかない……えしょ、か……？」

慣れるしかないでしょうかと言いたかった。舌が口蓋に触れるほどには上がらず、ら行が言いにくい。

「まあちょっと様子見てよ。傷口はふさがってるから。糸はもう全部取ったから。あー、それと、頭の造影、異常はなかったから。なんにも。頭に異常出なくて奇跡だよ。これ言っちゃうと精神科には怒られるかもしんないけれどさ、自殺企図って、脳の機能のどっかを失っちゃう人、けっこういるんだよね。狂言自殺の手首切りで指動かなくなっちゃう人もいるから。自殺で死ねる人より、後遺症持って生きてる人の方が多いかもなあ。それ考えたらさ、感謝した方がいい。助かったね。良かったね。助けられたんだね」

禿げ上がった外科医は助手の持つステンレスの平皿に鋏を置いて、人のよさそうな笑みを見せた。

助けて、と願わなかっただろうか。石に。助けて、と。

あの時、前の日に、確かに、助けてと願った。願った。確かに。

それが叶ったということだろうか?

ふたっつ、ふたっつだかんね、と言った祖母の、その言葉通りになったということなのだろうか。

私は生きている。その意味は何だろう。分からない。いや、そんなことすぐに分かるわけはない。分かるためにはもっと生きなければならないのかもしれない。それは面倒で、辛いことでもある。嫌だなと思わないでいるのは難しかった。祖母は気づいていたのだろうか。私がそんなことを思うであろう未来を。祖母には何かが見えていたのだろうか。

詠美は目を閉じ、そしてまた目を開けた。

私は解放されたのだ。自分の作品から。過去の作品から。

死を配る天使も、縁の下の青い紐も、少しずつ遠のいていった。残ったのは病室と、昼と、星と、兄が買ってくれたいい匂いのするハンドクリームだった。

精神科の病棟には、最終的には三ヵ月近くいた。他人に意味が通じる程度に喋れるようになるのには一年近くかかり、舌のもつれは結局元通りにはならなかった。脳に異常はないと言われたものの、右足の感覚はところどころまだらに鈍くなっており、これも完全には治らなかった。退院後は精神科の外来で抗鬱剤の投与が続き、感情を取り戻すまでに、いや、そもそも感情というものが失われていたと気づくまでにも半年以上の時間がかかった。が、詠美は少しずつ、少しずつ回復していった。

落窪詠子が真の意味での詩作を始めたのは、それから二年半後のことだった。

本の泉　泉の本

四郎はずんぐりした右手を伸ばすと、本と本の間の本に人差し指をかけた。

尾田利恵《としえ》の唯一の詩集だ。見つけたら買おうと思わないこともないが、それほど優先順位が高くはない本だ。尾田の詩集が出たのは一九五〇年代で、再販は一度もされていない。年代以上に古く見えるその本は、手に取る者も少ないのだろう、背の頭は切れたところもなく、垢《あか》じみてもいない。

とはいえ、背の色あせ方から考えると、全体の状態はあまりよくはないようだ。四郎は太く短い指を、知らない詩人と有名な詩人の間に挟まれた尾田の本に改めて注意深くかけると、背の頭だけに力がかからないようにしながらそっと引いた。

同行の友人敬彦《たかひこ》は、やはりそれが尾田の唯一の詩集だということに反応しながら、四郎のその動作を見ていた。

尾田利恵が詩を書いていたことを知っている人間はあまりいない。そもそも、尾田という作家の存在自体が忘れられている。四郎は尾田の幻想小説集を編纂して二冊の文庫本にして出すことを考えているから彼女のことを知っていて当然だが、敬彦が尾田の詩集のことを知っているのは、内心、さすがだと思った。もっとも、四郎はそれを口に出しては言わなかった。かえって失礼になりかねない。

四郎はまず、天と地と小口のヤケを調べた。かなりひどくヤケている。日光によるものというより、紙が酸性紙だからのようだ。慎重に奥付のページを開く。擬音にするのも難しいくらい微かな音が震え、ページはのどまで一気に開いた。傷みは紙の奥底まで浸透している。

尾田自身の検印があった。元は赤だったのだろう表紙の花々はすっかり色が抜けてしまっているが、検印は印泥で押されたものらしく、朱色は鮮やかだ。私家版だったこの詩集の刷り部数は何部くらいだったのだろう。四郎は、めくるたびにぱっくりとのどの奥まで開いてしまうページを繰って、目次を確かめた。四郎は一瞬目を疑った。

「猫のあとについてゆく」、「潮流と」、「刃先に宿るもの」。見つけたら買おうと思う順位は一気に上がり、四郎の中でこれはもう自分の本になっていた。値段はまだ見ていない。そうだったのか。この三つは失われた短編だったのではないのだ。散文詩の体裁で書かれ、詩集に収められていたのだ。

敬彦は控えめに横から覗きこみ、やはり、目次に並んだその三編のタイトルに反応した。そしてもう一編、「二つの暗い星」が雑誌『文学の樹』に掲載された短編「霊体祭の終わりに」と関連があるかもしれないと付け加えた。正直に言うと、四郎はまだ「霊体祭」を読んでいない。古いマイナー雑誌のコレクターにコピーさせてもらう約束を取りつけたばかりだ。敬彦は何故、その二編を結びつけたのだろうか。敬彦はすでに「霊体祭」を読んでいるということだ。

四郎が古本の値段を確認しながらそれを尋ねると、敬彦は、もう十六、七年前に国会図書館で『文学の樹』の調査をした時に読んだと答えた。それを覚えていただけではなく、内容も忘れていないということだ。相変わらずの記憶力だ。

値段は拍子抜けするくらい安かった。税抜き四百八十円だ。三編も幻の作品を拾えた上にこの値段だ。読めばもしかしたらもっと中から拾えるかもしれないし、場合によってはこのごく薄い詩集をまるごと二冊目の文庫に収録することもあり得る。いや、尾田の詩というだけで価値があるのだ――今ではもう、最初からそう思っていたかのように確信している――是非そうするべきだろう。これらの収穫を考えれば、コーヒー一杯分くらいの値段は無料《ただ》みたいなものだ。

四郎は詩集を慣れた動作で左の小脇に抱えた。詩集のコーナーで他にチェックすべきものは無い。尾田の短編は鬱々としたダイアローグが主体のものが多く、「霊体祭」は反宗教的なSFであるらしい。尾田のこの短い言葉を連ねるような文体の詩がどう関わって来るのか興味深い。

狭い書棚の間で振り返ると、すぐ後ろは古めかしい探偵小説――ここはやはり、ミステリでもなく推理小説でもなく、探偵小説と呼ぶべきラインナップだ――が並ぶ棚だ。この棚はこの街に来る度に見ている、というより、先週も見たばかりで、今さらチェックすべきものがあるとは思えなかったが、習慣でつい見てしまう。本の面子は変わっていないようだが、少しばかり異同があり、並びも違っている。ここにも誰かの渉猟の痕跡があった。その狩人たちのうち半分ほどは、きっと四郎や敬彦の知人であるに違いない。

敬彦の細く長い指が、背表紙の頭が擦り切れて花布《はなぎれ》がのぞいている本と、まだ新しく見えるセットものの端本、分厚い猟奇殺人もの、すっかり煮しめたような色になってしまったカバーのないベストセラーの上を滑ってゆく。背が高くほっそりとした敬彦は、その長距離ランナーの背筋を屈めて、殺人だの毒だの事件だのといった物騒な文言が並ぶ棚に見入っている。

彼の指先が吉永英里の『温かい部屋』の上で一瞬止まるが、それを引き抜こうとはしなかった。

『温かい部屋』はそこそこ面白い本だ。あの賞を獲った本としては凡庸な部類に入るが、人気は出た。いかにも昭和四十年代らしい大家族が誘拐事件を経て崩壊してゆく過程は真に迫ってよく描かれているが、事件の解決に向けて偶然が重なってゆくところに鼻白むものがある。敬彦は四郎のその評価に同意した。ということは、敬彦ももうそれを読んでいるということだ。ならば何故、一瞬その背表紙の前で指を止めたのだろう。

四郎は敬彦を見上げた。固太りでわりあいに筋肉質――本を運ぶ筋肉――な四郎と比べると、ほっそりとした敬彦はなおさら細く繊細に見える。この二人を『スター・ウォーカー』シリーズのロボットコンビに擬《なぞら》えるのは出版業界では定番の冗談になっている。ご主人様から言いつけられたお使いを危なっかしくこなす二体は、いつの間にか世界を救っていることにまったく気づいていない。あのロボットたちはずんぐりしたほうが知恵者でのっぽのほうがお調子者だが、四郎は自分が知恵者だとは思っていなかった。敬彦もお調子者の面がないわけではないが、興がのった時以外の彼はどちらかというと繊細な芸術家だった。眼鏡の向こうの瞳は手《て》練《だ》れの校閲者さえ見落とす誤字を捉え、本のコンディションに反応し、物語の細かな骨格を見抜くシャーロック・ホームズのそれだった。その眼は今、諦めたように伏せられたところだ。

何か探しているものがあるのかという四郎の問いに、敬彦は曖昧な声を漏らした。

天井まで届く壁際の書棚に、表通りを通った車に反射した陽光がちらりと跳ねた。

店主はカウンターの奥の暗がりに潜んでいる。

四郎は喉元のボタンを一つ外した。暖房は普通のエアコンなのだろうが、何故か古い達磨《だるま》ストーブを思わせる暖まり方だ。

敬彦は四郎の横をするりと抜けて、探偵小説の裏側の棚を見に行った。四郎はその後についてゆく。ここは実用書だ。四郎としては見るべきものは一つもない。敬彦は、やはり何かを探す目つきでそこを一瞥した。

店の奥に続くトンネルのような戸口を潜《くぐ》ると、さらに古臭い紙の匂いが二人を包んだ。

外国文学のタイトルはやはりと言うべきか、幾分カタカナが多い。『クレモナの夕暮れ』、『ソクラテス・クロッシング』、『サンセットの誘惑』、『我が優しき天使よ』、『エンジンのない車』、『サマルカンド作戦』、『あなたに関する嘘と真実』、敬彦の手は『エンパイア・ドレスの金飾り』の上で一瞬止まった。

が、その割れ目が入ったビニールカバーに包まれた水色――水色だろう、元の色は――の背表紙には触れなかった。二人はまた書棚の間に作られた通路を通って隣の部屋に移動した。

ここは天井から薄暗い電球型蛍光灯が二個下がっているだけだ。

書棚には理性とか倫理とか批判といった言葉が並ぶ。厳めしい函入りの分厚い本。本というより書物か。紐でくくられた全集もある。哲学という、決定的でいささか陳腐な烙印。あまりにも専門外だ。四郎は尾田の詩集を守るように抱え直すと、そのエリアを通り過ぎた。敬彦はここでも、何かを希求する目で棚を一通り見回す。

書棚と書棚の間に、さらに奥に続く抜け道のような入り口があった。入り口というより、小さな書棚を一つすっぽりと抜き取ったような隙間だ。こんな隙間、もしくは入り口なんかあっただろうかと思いながら四郎がひょっと頭を突っ込むと、敬彦はもうそこに入るつもりで歩き出したのか、四郎の尻にぶつかった。

入ったことのないところや食べたことのないものが怖い四郎は、渋々一歩先に歩を進めた。敬彦はぶつかったことを詫《わ》びたが、気もそぞろな様子だ。

井戸の底のようなその区画は、ひどく高い天井に向かって、二人を取り囲むようにひたすら本が並べられていた。いくらか黴臭《かびくさ》い。書架から街灯のように突き出した蛍光灯のデスクランプ。分析や心理の語句が、カバーのない灰色や焦げ茶色の背表紙に並ぶ。箔《はく》押しの大全も、布目に埃《ほこり》が定着してしまった実践も、皆揃って静かな眠りについている。

心理、入門、実用、寛解、治療、異常、犯罪、倒錯、変態。おっと、すごいグラデーションだ。そこでは、今なら異常や変態と呼んではいけない数々の事柄に、堂々と後ろ暗いレッテルが張られていた。それを眺めるのには背徳的な喜びがある。外でそれを知られれば正《コレクト》しくないと非難される。

敬彦は梯子《はしご》を登った。四郎が躊躇していると、彼は何かを見つけたらしく、二冊引き抜くと下にいる四郎に渡してきた。浅田ピーター『狂騒時代』、『女と女の事件簿』。

そういうグラデーションか。太い筆と原色で描かれた女のイラストは浅田自身によるものだ。七〇年代に芸能界を賑わせた実在のレズビアン・カップルに裁判を起こされた二冊だ。興味はないわけではないが、こういうものにまで手を出していると、庭の三つのプレハブ倉庫がすぐに満杯になってしまう。敬彦はそれを書棚に戻すと、さらに上に登って行った。四郎は仕方なく後に続いた。

寺脇風人『髑髏が告げる終末』。葛城健比古『コン・ティキ号のように』。敷島大輔『夜襲の代償』、『Z旅団を殲滅せよ！』。グラデーションは冒険小説へと移り変わる。こうなってくると四郎としても梯子を登らざるを得ない。やがて書棚の間の横穴に到達すると、敬彦はその中を這っていった。敷島大輔は六、七年前に冒険小説シリーズの一冊として復刊しようとしたことがあったが、今日では差別的と受け取られる場面が幾つもあり、訂正もままならなかったために断念したことがあった。Z旅団は友人が所蔵している文庫版を底本にするつもりだったが、これは——四郎は習慣的な手つきで奥付のページをめくった——初版だ、持っていて損はない。三百円など、これまた無料《ただ》同然の値段だ。確保。

広くて余裕のある場所に出る。古いムード音楽のようなBGMも流れている。並ぶ背表紙は、くたびれてはいるもののカラフルだった。流水大騎『平家落人連続殺人事件』。ただの圭介『ネズミの愚痴話』。比較的新しいミステリが並ぶ。京町さと子『桔梗の花を摘む娘』。敬彦は白川雅也の『秋田県境殺人事件』を四郎に差し出した。県警の冴えない刑事と警視庁エリートが組まざるを得ないというありきたりにも思える設定だが、寝台列車と地元の交通網を使った巧みなトリックを、沖に現れた蜃気楼の像がきっかけでそのコンビが解いてゆく過程は、ありきたりとは程遠い、スリリングで魅力的な展開らしい。それならば確保だ。

敬彦の視線はもう書棚に戻されていた。三十年ほど前の本——そう言えば、このあたりの本を比較的新しいと思ってしまう四十代の自分はいったい何なんだと思うが——ながら新品同様に見える四六判。細かい横縞の入ったビニールカバーに包まれた、独自サイズのミステリ叢書。金色の花布がついた全集の端本。背側がへこんだソフトカバー本は、かなり読みこまれたものなのだろう。

柏原いさくの『ヴレーミヤ殺人事件』。これはソ連に関する教養がないとトリックをどれだけ説明されても分からないという怪作。藤原秀の『ローレライ殺人事件』。凡作に分類されるだろう。同じ藤原なら『野薔薇の歌を口笛で』か『新世界交響曲』のほうがいい。前者はミステリというより、少女の成長記と八〇年代の空気感に価値がある。後者は時刻表トリックの豪華客船版で、他に類作がない。この二冊はとりあえず確保。

渡邉一行の『おでん屋探偵シリーズ』が何冊かぱらぱらと置いて――いや、下の棚に厚セロファンに包まれた全巻揃いがあった。これは四郎は個人的には好きなのだが、どの巻にも現代ではちょっと倫理的にどうかという少女ポルノの要素があるので、どうあっても復刊はできそうにない。こうやって古本を売っているのも危なっかしく思えるが、撤去すればそれはそれで自主的な検閲になってしまう。どうするのが最善なのか、四郎にはいまだに分からなかった。渡邉作品は『拝み屋探偵シリーズ』の代表作を復刊できたので、それでよしとするしかない。

澤田源治の『フラジャイル・マシーン』。中途半端なハードボイルド。『レッドアイズ・ナイト』は女性を主人公にしてのハードボイルドだが、これも中途半端だ。ただし、どちらもベストセラーになった。本の価値には複数の物差しがある。井上朝美のデビュー作、『昏い家の少年たち』。しかも、ほとんど売れなかったという初版だ。これは買いだ。確保。改訂された文庫版との違いが判るはずだ。義太夫社版なら解説がついているはずだと思い、後ろの数ページをめくると、あった、しかも、解説者は甲斐原庸弘だ。これは新発見と言っていい。

敬彦は、視線は書棚に留めたまま、井上朝美ならクローズド・サークルものの『迦陵頻伽《かりょうびんが》の唄う夜』がいいと言った。「犯人が二・五人」というあの結論は衝撃だった、と。しかし敬彦はどうしても、あの探偵役の美少女の甘えた言動が今一つ気に入らないと言った。あの甘え方と切れ味鋭い推理の対比が面白いのだが。しかし敬彦は、どうしても鼻につくのだという。しかしそれは個人の感想で、井上のベストセレクションを作るなら『迦陵頻伽』は真っ先に挙げるべきだ、とも。もっとも、井上くらい人気の作家だと、復刊する必要もなく文庫が出続けていて、四郎の出る幕はなかった。

四郎は改めて尾田の詩集を撫でた。古い本。崩壊する寸前の酸性紙。こういう本こそ、失われる前に再録すべきだろう、指先にはかさかさになった冬の踵《かかと》のような手触りが伝わってくる。まだ読んでいないが、尾田の詩なら全て再録する価値があるはずだ。今はもうそう確信していた。尾田の代表作「ほうき星」とカップリングにすれば、少なくとも予定部数は売り切れるはずだ。

四郎は最後に、敬彦から差し出された馬場恭介の『三人の団地妻』を拾った。帯付き、月報付きだ。とりあえず確保しておくに越したことはない。木嶋成人『コスモスに想いを込めて』。綺羅堂穂高『写楽と女弟子』。あいかわみどり『犯人は私』。坂本祐二『真冬の夜の夢殺人事件』。このへんは拾わなくてもいいだろう。最後の一冊は持っているはずだ。「顔のない死体」トリックの三つのパターンをいっぺんにやるという野心的な趣向の快作だ。これもいつかは文庫化して解説を書きたい。ネタバレせずに意義のある解説を書くのは難しいだろうが。

新しめのミステリの書棚を回り込むと、その向こうは和室だった。床の間に画集が並んでいる。押入れを開けると、そこも画集だった。画集というか、盆栽や工芸品の写真集だ。盆栽の写真ばかりの本がこれほどたくさんあることにも驚く。人間国宝の文字が箔押しされた本もある。

敬彦は湯呑に緑茶を注いで、自分の手元に一杯置き、もう一杯を四郎に差し出した。阿吽《あうん》の呼吸というやつだ。四郎は埃でいがらっぽくなった喉を潤し、敬彦と木本あんりの『蒼天のエクラ』、『流星のリュミエール』、『満月のフォンテーヌ』の三部作の講評に興じた。二十年ほど前の、今でいう「異世界もの」の走り——タイトルの短さに時代を感じる——だが、三つの世界で生きる主人公の心に二面性が生じてくるという困難なテーマを読みやすく料理している良作だ。砂漠の内戦でルイが倒れるシーンも、彼を裏切るマルゴの葛藤も、二人を引き裂く陰謀も、少年漫画の手法そのものだが、これ見よがしにクロスオーバー感を出してこないところがいい。

今までに何度となくアニメ化の話が持ち上がっているが、今度こそそれが実現するかどうかというのが話題に上った。四郎は実現すると考えているが、敬彦は実現しないと予想しているという。敬彦は明るい時はお調子者だが、ものの考え方自体はいつもやや悲観的だった。もっとも、その慎重さが、何かというと「何とかなる」と考えてしまう四郎にとってはありがたい制動となることがしばしばあった。敬彦は話しながらも、床の間の画集にちらりと視線を送った。何か探しているのかと聞くと、また肯定とも否定ともつかない曖昧な声を漏らす。

四郎と敬彦との付き合いはどれくらいになるだろうか。五年、いや十年、もしかしたら十五年か？　よく覚えていない。実際に会うことはそれほど多くはなく、普段はネット上で本の話をしていた。会う時はいつもこの古本の街だ。彼にどういう家族がいるのか、実を言うと四郎は全く知らなかった。話題に出さないだけか、一人で本に埋もれて暮らしているのか。四郎は妻亡き後、一階と庭のプレハブを本で埋め尽くして二階で娘と寝起きしている。娘も字が読めるようになってから中学に入った今日まで本と離れた日は一日もないような子なので、この異常な——どうやら世間一般からすれば異常らしい——家に平気で、いや喜んで住んでいる。

しかし敬彦は、住環境や家族については、特に秘密にしているわけでもないのかもしれないが、自分から話題を持ち出したこともなかった。敬彦の家に電話をかけると、女性が出ることがある。彼女が敬彦の妻なのか、妹なのか、家政を請け負っている他人なのか、それ以前にいつも同一人物なのか、何もかも分からないのだ。今更改めて訊ねるのも何となくはばかられる。

敬彦がどんな本を欲しがるのかも、実のところ四郎にはよく分からないのだった。そもそも敬彦が本を買っているところを見たことがない。この街で本を買うのはいつも四郎ばかりだ。

敬彦は毎回それをにこにこと微笑みながら眺め、マニア向けの本にも的確な意見を述べる。

特に理由もないまま何となく訊きにくくなった質問は、時間が経つほどますます訊きにくくなる。四郎はどうということもない口調で、それで、今日は何の本を探してるのと敬彦に訊ねた。

「泉の……」

「え？　何？　ごめん聞き取れなかった」

「泉の……本というか」

「泉の本？」

「うん……ううん、泉の本か……本の泉……いや、実は正確なタイトルもよく分からないんだけどね」

敬彦は照れ臭そうに微笑みながら俯いた。

「ああ、そういうの、あるよ」四郎は自分の物言いがわざとらしく響いていないことを祈った。「たまにあるけど、違う出版社から再刊される時、タイトル変えたりすることあるからねえ」

「そういうことでもないんだけど、まあいいよ。見つけたら分かるし」

その「分かる」が、その本を見つければタイトルも判明するという意味なのか、その本に行き合えば敬彦はすぐにそれと同定できるという意味なのかは分からない。

「探しているというか、うん……まあ、いつか見つかったらいいなくらいに思っているだけだけどね」

敬彦の口調は会話を終わらせるものだった。四郎はそれ以上のことは訊こうとしなかった。古本事情は人それぞれだ。踏み込んではいけないところもある。

ひと心地つくと、また本を漁りたい欲求が頭をもたげてきた。敬彦が様子を窺うように床の間の向かいの障子を開けると、下に降りるタイル張りの階段があった。四郎はすでに本で重い肩掛け鞄《かばん》を探った。来月再刊する文庫の解説を留めたダブルクリップで傷つけないよう注意しながら透明なビニールバッグを取り出すと、確保した本をそこに入れた。バッグの両側には油性マジックで「未会計」と大書してある。古本の神に誓って、会計の時にこれを正直に差し出すまでだ。

敬彦は肩甲骨の間に斜め掛けしたモスグリーンの薄いボディバッグ一つしか持っていない。知らない場所が平気な彼は、四郎の前に立って階段を降りて行った。

階段は十数段だけだった。白いタイル張り――そうでなかったら暗過ぎて歩けなかったかもしれない――のトンネルのような通路を行く。ところどころに不規則に設けられた壁龕《へきがん》に、外国語の分厚い革装の本が一冊ずつ仰々しく鎮座している。ああいうのは手作業で一冊ずつ装丁するやつだ。ルリユール、だったっけか。近づくと革鞄と同じような匂いがする。相当な値段だろうから触らないでおこうと思いながらも、四郎は立ち止まって一冊の表紙を覗きこんだ。

古典文学についての論文集であるらしい。小口にはマーブル模様が転写されている。セピア色に混じって、華やかな赤や緑の色合いが見て取れた。

とりわけ大きな壁龕は、壁龕というより屋台とでも言った方がいいような塩梅《あんばい》で、どう説明したらいいのだろう、まあ早い話、書棚と言ったら書棚だ、たくさんの本が並んでいる。サイズがばらばらな大判の本。外国語のものも多い。敬彦は今までになく素早い動作でそのうちの一冊に手を伸ばし、抜き取って、広げた。大昔のドイツの画家の画集だった。敬彦はそれをそっと閉じて元の場所に戻す。

そこに並んでいるのは、画集や展覧会の図版のようだった。四郎にとってはまったく対象外だ。もっとも、本というのはどんなジャンルでもただ有るだけでも楽しい。平置きにされた薄い図版の「ロシア・アヴァンギャルド」のレタリングも格好良くて楽しい。古めかしい聖母像の表紙も楽しい。敬彦は少し惜しそうにまたその壁龕を一瞥したが、諦めたように再び歩き始めた。

壁龕には無造作に絵葉書が盛られた籠もあった。無造作と言っても、一枚一枚ビニールの袋に丁寧に包まれている。四郎には読めない言語の活版印刷の紙、江戸時代の草紙紙。A２判くらいのサイズの、旅行を呼びかけるフランス語のポスター。

やがてどの本も、外国語も数ヵ国語は分かるという敬彦にも読めない言語になってゆき、最後には表紙や背表紙の文字も文字というより模様にしか思えないものになり、唐突に途切れた。突き当りはエレベーター・ホールになっており、無人のエレベーターが二人を待つように扉を開いていた。と、突然扉が動き、閉まりかける。敬彦は俊敏な動作で「開」のボタンを押した。エレベーターの横に張られた案内板に「SF」の二文字があったのだ。扉は再び開き、四郎と敬彦は、慌てる必要もうなかったにもかかわらず、逃すものかとばかりに駆け込んだ。

「SF」の表記があった十階のボタンを押すと、エレベーターは上昇を始めた。着かない。まだ着かない。エレベーターはまだ上昇し続けた。まだ着かない。どのくらい時間が経っただろうか。一分いや三分、いや五分、あるいは十分か。まさかこれは軌道エレベーターに乗ってしまったのだろうかと思い始めた頃、エレベーターは唐突に、横向きに動き始めた。

エレベーターの箱はいつの間にかガラス張りになっていて、外がよく見えた。昭和のレトロビルに入居したレトロオフィスのようなレトロな所を横に移動してゆく。デスクとデスクの間、原稿用紙の詰まった棚と棚の間を、器用に縫うようにして進む。デスクにむかった人々は、腕カバーをして、鉛筆を持って、紙の束に向かっている。ああ、あれはゲラなのだ。ゲラの校正中なのだ。この世の全てのゲラ、歴史上かつて存在したあらゆるゲラ、これから存在する――電子的な形態を取っているかもしれない――ゲラ。ゲラが何故ゲラというのか、四郎は知らない。語源はどうでもよかった。そこにゲラがあるという事実の方が大事なのだ。校正が存在するということ自体が大事だ。今や少部数印刷や電子書籍という形で、誰もが出版社というものを経なくても出版だけならすることができるようになった。しかし、目の利く編集者の編集を経、プロ中のプロの校正者の校閲を経ての出版は、今なお意味を持っている。その違いは、見る目を持っていない者に説明するのは困難だった。違いが判る者には説明の要が無く、説明を必要とする者には話が通じない。それが編集と校閲の意味だ。悲しいことに、四郎はこの手の説明が通じない相手にきちんと説明を通せたためしがなかった。どうすればいいのか。何をどう言えば解るのか。無力感ばかりが募る。

エレベーターは縦横斜めに縦横無尽に動いた。熱のこもった同人誌の製本、活版印刷の部屋、木簡の保存所、カバーのない昔の学術文庫へのハトロン紙がけ、巻物を巻く人、粘土板を刻む人、漫画雑誌の分類、北向きの手写本《てしゃほん》の部屋、パピルスを漉《す》く岸辺、キーボードを打つ人。

SFのフロアは唐突に現れた。気がつくと、四郎と敬彦はハードカバーの書棚と文庫の書棚の間に倒れていた。

天井でいまにも切れそうな古い蛍光灯がジーと音を立てる。

少し湿り気のある古い紙の匂い。

いつもの匂い。慣れ親しんだ空気。

四郎は立ち上がると、肩掛け鞄をかけ直し、ビニールバッグを左手から右手へと持ち替えた。

両側の棚に目移りするが、まずはハードカバーのほうにチェックを入れる。六〇年代から八〇年代前半の作品が多い。敬彦が宝の山だねと呟いた。同感だ。しかも、一冊一冊セロファンのカバーがかかっている。

原町富雄『反転地球の恐怖』。田辺秀峰『アインシュタインの裏切り』。これは確保。源城清二の『襲撃者ゴガゴーン』シリーズは端本もあったが、全巻揃いが三万円を超えている。我孫子一郎『虚数博士』。一瞬手を出しかけたが、やめる。持っているはずだ。いや絶対持っている。玄関脇の本の山に入っているはずだ。そうでなければ、和室に入る時に動かす山の中か。……いや一応確保。無かったら泣いても泣ききれない。友永英一郎『アステロイドベルト・ダンディ』。これも和室前の山か、いや和室の中の手前側の山のどれかにあるはずだ。少なくとも、車の中の紙袋群からは出したはずだ。でもプレハブ倉庫にまでは入れていない。……はずだ。

一応確保。

何しろ帯が違う。帯が違えば別の本ではないか。

セロファンのカバーがかかっているとはいえ、四郎は背の頭に指をかける時は慎重に慎重を重ねた。自分の太い武骨な指が、背表紙を破ったり花布をめくり倒したりしないようにだ。敬彦はそのほっそりとした指を無造作に差し入れているように見えるが、彼の動作は計算されつくしたバレエの振付さながらに、優雅で優しく、決して本を傷つけない。

元は鮮やかな青だったのだろう本を、敬彦は何か疑問を解決しようとするかのようにしげしげと眺め、ページを開く。これはこの書棚の中でも最も古い部類に属するだろう五〇年代の名作、友永英一郎の『量子サーキット』だ。これは四郎が数年前に復刊したので、新刊本として手に入る。当時まだ一般にはあまり知られていなかった量子物理学を巧みにエスパー迫害ものに取り込み、一部で量子コンピュータの予言とまで言われている名作だ。

敬彦はそっと本を閉じ、書棚に戻す。量子物理学テーマでは、時代はもっと後になるが、桂彦三郎の『エリュシオンに陽は落ちて』も面白かったと、少し気もそぞろな様子で言う。四郎はそのタイトルは聞いたことがあったが、読んだことがないばかりか、実物はまだ見たこともなかった。敬彦によれば、シュレーディンガーの猫の原理で運命をシャッフルされる連作短編だという。想像もつかない。敬彦はまた別な青い本に手を伸ばし、指を触れ、取り出すのをやめる。辰巳弘之の『大理石に書かれた数式』だ。古代ローマにタイムスリップした科学者が帰還のために奮闘する話だ。

四郎は粟野鶴子の『ロッキーとのんのん』を確保した。初版帯付きだ。童話仕立てだが、時間によって引き離された恋人同士をさらに大きな時間の流れが結びつける壮大な物語だ。時間もののシリーズを組むならぜひ入れたい。段田博文『合成頭脳クーデター』シリーズも端本が何冊かある。これはガジェットとしてはSFだが、内容的にはどちらかというと伝奇ものだ。氏家賢の『軟体爆弾』。これは持っている。いちおう奥付を確認するが、再販されるほど売れなかったはずだから当然初版だ。グロ系ヒーローものというか、助けに来てくれてこれほど嬉しくないヒーローはいないというか、あの独特な雄叫びをいちいち丸一行使って文字で表現する作者もどうかしているとしか言いようがない。

五月原佳苗は『薄明光の消えぬうちに』と『玉依姫《タマヨリヒメ》と水の惑星』、『はじまりはいつもカシオペア』等、定番の青春エスパーものが並ぶ。五月原の作品なら、『アリスの夕暮れ』があったら確保したかったが、残念ながら見つからない。中学校の図書室で出会ったアリスが、四郎の初恋の人だった。

四郎はビニールバッグの中の本を積み直した。一番華奢で傷んでいる尾田の詩集を一番上に持ってきたが、考え直し、それを保護するように『ロッキーとのんのん』を乗せた。

本の価値、いや、「価値」ということばはあまり使いたくないが……価値、あるいは大切さ、評価基準、思い入れ、優先順位、それらの尺度は幾つもある。最初はさほど買うつもりもなかった尾田の詩集が、今や何にもまして復刊すべき本になったように、基準は時間によって、シチュエーションによって、手にした者との関係性によって、刻一刻と変わってゆく。

敬彦が真山新一の『計算外の軌道』があると言って四郎に差し出してきた。これは買いだ！今日最大の収穫と言ってもいいだろう。値段は六千円とついているが、オークションに出ればあっという間に五桁の争いになるに違いない。それを考えれば、六千円など無料《ただ》同然だ。これは伊藤祐一が作家デビュー四十周年を記念して本名で出した私家版だ。数百円ではなく六千円という値付けは、値付け主が真山の正体を知った上でつけている価格だろうが、それでも安い。何か欠陥があるのかもしれないと思ってチェックしたが、そのノベルス版サイズのソフトカバーは天にヤケがあるくらいで問題は全くなかった。硬質な表紙イラストのカバーも状態が良い。

四郎と敬彦は文庫の棚をチェックし始めた。文庫はサイズが揃っているだけにチェックは早い。吉田光年の洋ものスペースオペラの名作を徹底的に茶化したドタバタ・スペースオペラ『コメット・エクスプレス』シリーズの改訂版。友永英一郎の『神無月のクジラ』はバブル時代を舞台にした並行世界もので、納得させる夢オチという傑作。このあたりは持っている。青井ルリカの『白色エネルギー帯の少女』と内田陽光の『幻実《げんじつ》』を拾う。『白色……』は一見よくある学園群像ものとして始まるが、二重のタイムループという極めて困難なストーリーを鮮やかに解決して見せる名作だ。『幻実』もタイムループものだが、タイムループが重なりながらどんどん時代が下って室町時代で解決を迎えるという、これもまた離れ業のストーリーを展開している。内田はいい作家だが、『五つの季節』のようなディストピアものや『紅蓮少女』のアンドロイドの悲惨な結末の暗い作品が多いのが辛い。その悲観的な雰囲気と文体の難しさもあって、華々しく人気が出る作家ではないが、代表作だけでもどうにかして残したいところだ。小峰沢賢祥のぶっ飛んだニューウェーヴ『パトロクロス哀歌』は疑似科学のダイアネティックスを本気にしたのかただのネタにしたのか、未だ議論が分かれる。多分テレビの部屋の一番奥の山にある……はずだとは思うが、一応確保。

小説、漫画、映画、ドラマ……この世にどれくらいの数の物語があるだろう。よく、出版に値する小説だとか、世に送り出すべき作品だとかいう言い方があるが、本来は、どんな作品であっても等しく世に出る権利を持っていると四郎は思っている。作品は「価値」によって世に出ていくのではなく、世に出る「権利」は等しいのだ。それがどういう軸でどう評価され、どう生き残ってゆくか、あるいはどう復活するかは様々だ。「残る」ことは果たしてその作品が持つ質の高さの証明だろうか。それともただの運だろうか。それも四郎に結論が出せることではなかった。世の中には分からないことがたくさんある。でもそれでいいのではないだろうか。だからこそ人は、答えを求めて論を交わし、物語を生み出し、本を書き、本を読む。そして本を買う。

四郎ははっとして顔を上げた、敬彦も同様だった。どこか遠くで、「蛍の光」の曲が流れ始める。

そんなに遅くまで居座っていたとは。まったく気づかなかった。背の高い書棚と天井の間の横長の窓は、もうすっかり真っ暗だった。部屋の端から電気が消されてゆく。まだ敬彦の守備範囲である翻訳物の棚を全くチェックできていない。が、もう帰らざるを得ない。すべての電気が消されてしまう前に会計にたどり着かなくては。

エレベーターはどこだったかもう分からない。仕方なく階段を降り、どんどん暗さを増してゆく書棚と書棚の間を走る。敬彦はこういう運動が苦にならないようだったが、四郎にはきつかった。敬彦が歩を緩め、四郎の遅い走りに合わせる。書棚と書棚の間の暗がりはすぐ後ろまで迫り、二人を追い越しつつあった。書棚は縦横斜めとランダムに置かれ、真っすぐには走れない。慌てながらもいつもの癖で、まだ光の当たっている書棚にちらりと視線を走らせる。ベトナム旅行ガイド、受験参考書、南極地形図、ワタリガニのレシピ、介護の資格試験、人類の起源、曲線折り紙、古代中国史、フーリエ解析、イスラム思想、お笑いタレントのエッセイ、国際関係論、金運指南、ベストセラー、ソンガイ語、アボリジニ語、暗黒《ダーク》エネルギー、車の雑誌、ノーベル文学賞、インド哲学、翻訳幻想小説、タティングレース、南米マジックリアリズム、北欧童話、できるビジネスマンのスマートな営業話術、仕掛け絵本、長唄。

どう行けばいいのか分からないが、とりあえず明るいところを目指して行くしかない。暗闇はもう二人を追い越していった。シンデレラを走らせる真夜中の鐘が鳴り、丑《うし》の刻《こく》参りの槌《つち》の音が響く。敬彦の後ろ姿も見えなくなってしまった。いや、闇に紛れて目視できないだけで、すぐ前にいるのかもしれない。二人の足音は無数の本が無音室と同じ効果を生み出しているからなのか、逆に本と本、書棚と書棚に反響するせいか、全く聞こえないようであり、うるさく上下左右から響いてくるようでもあった。

四郎は朦朧《もうろう》としながらもただ走った。来週には中川源次郎のお孫さんのところを訪ねて、再刊のご挨拶をしなければ。内々に承諾は頂いているが、きちんとした挨拶はこういう仕事には不可欠だ。第一巻と第二巻は『水戸忍法帖』、第三巻は『火星三国志』、第四巻はエッセイと、幻の四編を含む短編集だ。元原稿も含めて完全に失われたと思われていた「陰間の銀」や「睦言稽古」を発掘した経緯と興奮については、語り始めたら半日あっても足りないが、来年の発刊記念トークイベントではできるだけ手短に報告してその喜びを仲間たちと分かち合いたい。

何かに躓《つまず》く。バランスを崩しながらもビニールバッグを抱きとめて庇い、かろうじて背中から着地する。肩掛け鞄が慣性の法則で投げ出され、左腕が引っ張られる。鶏が三度時を告げ、突然螺旋《らせん》階段の横から朝陽が差しはじめた。

左肩をさすりながら半身を起こすと、螺旋階段の下に見慣れた後ろ姿があった。遠い。息が切れている四郎がここから呼びかけても聞こえないかもしれない。敬彦は右手を庇《ひさし》にして、冷え冷えとした冬の朝陽の中で横顔を見せた。彼は天井まで、いや、吹き抜けの三階にまで届く書棚を見上げる。が、やがてその右手を陽の光に差し入れると、目の高さくらいの棚から一冊の本を抜き取った。

四郎はその表情を見つめた。

敬彦は本を開いた。

青い表紙。青い本。敬彦が手にするその本。

敬彦はその本のページをめくった。

四郎はいったんビニールバッグを床に置き、体勢を立て直して立ち上がろうとした。

その瞬間、激しい目眩が襲った。いや違う。地震だ！　日本人の身体に染みついた本能がそれを告げた。どんと突き上げるような縦揺れが襲い、次の瞬間、容赦のない横揺れがやって来た。縦揺れで書棚から浮いた本が、いっせいに重力に従った。

鋭い鈍痛とでも言うべき音が書店を満たした。螺旋階段の上から、吹き抜けの果てから、滝のように、噴水のように、本がなだれ落ちたのだ。四郎は声にならない叫びをあげた。振動が加わった時、本は総体としては液体の振る舞いをする。その書籍流はあの震災の時やこの震災の時やその震災の時に、皆が経験したことだ。

地震自体は一瞬のことだった。しかし、今目の前には、人の背丈の三倍ほどもある本の山があり、敬彦の姿は見えなかった。四郎はビニールバッグと肩掛け鞄を放り捨てると、よろける足でその本の山に駆けつけた。

本を大切に扱えと言っている場合ではなかった。四郎は山を力ずくで掘り進めた。

古本。古本の匂い。古い紙の匂いが充満し、埃が飛び散った。何千何万という人の手垢と汗の痕跡と吐息、独り言やため息が舞い上がる。

どれくらいの時間が経ったのかもう分からない。朝陽はもう朝陽ではなくなっていた。

四郎は次第に動きが鈍くなってゆく腕を酷使して、ひたすら本を掘り進んでいった。ああ、この世の全ての本を残せたらいいのに。全ての、文字通り全ての本を。面白い本も、下らない本も、名作も、駄目な本も、どうでもいい本も、全て、全てだ。この地球上の、全ての本を。

全ての本を。

床が現れる。

敬彦はいなかった。

彼が立っていた辺りのみならず、螺旋階段の下の床を全て露《あら》わにするほど本を動かした。

が、敬彦はいなかった。

四郎は立ち尽くした。しかし、どうにもしようがなかった。敬彦がいないのだ。力仕事から解放された腕が震え、腰が悲鳴を上げ、ふくらはぎが攣る。

屈むともなしにまた屈み、本を拾う。そのまま、再び必死に本の山を動かす。

本を動かす。

ただただ本を動かし続ける。新刊書店では自分の書いた古本についてのエッセイが載った雑誌を買いに行かなければ。明日か明後日には出版社から送られたものが届くだろうが、特集や他の記事が気になって気になって仕方がないので、家に帰る電車の中で読みたかったのだ。

また床が現れる。

しかしそれでも、敬彦はいなかった。

四郎は立ち尽くし、待ち尽くした。

しかし、敬彦はもういなかった。

腕時計に目をやると、新刊書店が開く時間帯になっている。

できることはもうなかった。何もなかった。

四郎は肩掛け鞄とビニールバッグを取りに行き、抱え直し、会計に向かった。

あれ以来、敬彦には一度も会っていない。彼がこの古本の街に現れることもなかった。しかし、四郎には不安はなかった。彼は今でも、どこかで古本を渉猟しているのに違いないからだ。

四郎はずんぐりとした右手を伸ばすと、本と本の間の本に人差し指をかけた。

エピローグ　ダブルクリップ再び

今、私の前に一束の原稿がある。この本の著者校のためのゲラだ。私はデビューから三十年近く著者校をしてきているが、いまだに著者校が嫌いだ。面倒くさいとか、もう書き終わった作品に興味がないとか、そういうことではない。何かこう、自分が普段見ないようにしている自己の内面の奥底を突きつけられるような、そんな気持ちになるのだ。

ゲラが来た時、私が最初にやるのは、「ゲラの存在に慣れること」だ。二、三日は封筒やビニール袋から出しただけのゲラを手元に置き、ひたすらその存在に慣れるよう努力する。大きなダブルクリップに挟まれたゲラは、私を責めるでもなく、励ますでもなく、ただそこにいる。私は時々ゲラを手に取り、銀色のレバーを起こしかけ、そしてやめる。何度かそんなことを繰り返して数日が経ち、私は意を決してクリップを外す。

著者校の作業中は、目を通し終わった分と未読の分と、それぞれを出版社から来たダブルクリップと自前のもの——自前とはいえ、例によって、買った覚えはない——で挟んでおく。何度か読み返し、私は締め切りぎりぎりにゲラを返送する。その時、それは必ずしも元のクリップに挟まれているとは限らない。

私が返送したゲラは、担当編集者の手でダブルクリップを外されるだろう。そしてそのダブルクリップはまたいつか、他の著者の元へ、翻訳者の元へ、評論家の元へと旅立ってゆくだろう。

そこがどんな世界であるのかを、私は知らない。

高野史緒

初出

「ハンノキのある島で」　「小説現代」　二〇一七年四月号
「本の泉　泉の本」　「ＳＦマガジン」　二〇二〇年二月号

ほかは書下ろしです。

高野史緒（たかの・ふみお）
1966年茨城県生まれ。お茶の水女子大学大学院人文科学研究科修士課程修了。1995年、第６回日本ファンタジーノベル大賞最終候補作の『ムジカ・マキーナ』で作家デビュー。2012年『カラマーゾフの妹』で第58回江戸川乱歩賞を受賞。歴史改変ミステリーで高い評価を得ている。2018年『翼竜館の宝石商人』がApple ベストミステリーに、2021年『まぜるな危険』が第４回書評家・細谷正充賞に、2024年『グラーフ・ツェッペリン　あの夏の飛行船』が「SFが読みたい！　2024年版」国内篇第１位に、それぞれ選出された。ほかの著書に『大天使はミモザの香り』など。

ビブリオフォリア・ラプソディ
あるいは本《ほん》と本《ほん》の間《あいだ》の旅《たび》

第一刷発行　二〇二四年五月二十一日

著　者　高野史緒《たかのふみお》
発行者　森田浩章
発行所　株式会社　講談社
〒112-8001　東京都文京区音羽二―一二―二一
電話　出版　〇三―五三九五―三五一〇
　　　販売　〇三―五三九五―五八一七
　　　業務　〇三―五三九五―三六一五

本文データ制作　講談社デジタル製作
印刷所　株式会社ＫＰＳプロダクツ
製本所　株式会社国宝社

定価はカバーに表示してあります。

Printed in Japan　ISBN978-4-06-535404-9
N.D.C. 913　220p　20cm

KODANSHA